丝路寻祖

SILU XUNZU

巴陇锋 著

时代出版传媒股份有限公司
安徽文艺出版社

图书在版编目（CIP）数据

丝路寻祖/巴陇锋著.—合肥：安徽文艺出版社,2024.8
ISBN 978-7-5396-7866-5

Ⅰ.①丝… Ⅱ.①巴… Ⅲ.①长篇小说－中国－当代 Ⅳ.①I247.5

中国国家版本馆 CIP 数据核字(2023)第 216951 号

出 版 人：姚 巍
责任编辑：张星航　汪爱武　　　　装帧设计：褚 琦

出版发行：安徽文艺出版社　　www.awpub.com
地　　址：合肥市翡翠路 1118 号　邮政编码：230071
营 销 部：(0551)63533889
印　　制：合肥创新印务有限公司　　(0551)64456946

开本：700×1000　1/16　印张：14　字数：198 千字
版次：2024 年 8 月第 1 版
印次：2024 年 8 月第 1 次印刷
定价：58.00 元

（如发现印装质量问题，影响阅读，请与出版社联系调换）

版权所有，侵权必究

目　录

引子 / 001

一、百年寻根梦 / 004

二、诗意在远方 / 012

三、初见爷的城 / 024

四、我是仙丫头 / 031

五、阴差阳错间 / 040

六、走心的邂逅 / 047

七、快意终南山 / 057

八、温暖的抱抱 / 070

九、巧入古城门 / 079

十、心儿已迷醉 / 092

十一、爱心大宝贝 / 099

十二、西北有高楼 / 106

十三、我真服了你 / 114

十四、华夏好苹果 / 121

十五、奋斗新时代 / 130

十六、西岳华山行／141

十七、情路多坎坷／148

十八、男人败运时／158

十九、英雄恼美人／166

二十、全运逢长安／174

二十一、求爱华清宫／181

二十二、乐极而生悲／191

二十三、一万年的爱／199

二十四、中国长高了／208

尾声／220

引　子

绵延曲折、大气磅礴的丝绸之路犹如大海星辰，波涌浪急、星汉璀璨，它生生不息，奔腾千年，闪耀万里，影响、改变、惠及无数国家、民族、地区和人民。

丝绸之路是勤劳智慧、勇敢友善的中华民族给人类的巨大贡献，其花开两朵，一朵是闻名世界的陆上丝绸之路，另一朵是享誉环球的海上丝绸之路，两朵花各自绽放得自洽合宜，花香叶茂、欣欣向荣，惠及万方。

其中，陆上丝路自中国西汉的都城古长安——今天的西安出发，是张骞出使西域开辟的，途经甘肃、青海、新疆出国，再穿越中亚、西亚国家，如中亚的吉尔吉斯斯坦、哈萨克斯坦、乌兹别克斯坦、土库曼斯坦等，西亚的阿富汗、伊朗、伊拉克、叙利亚等，到达地中海亚非欧国家，而以罗马为商品集散总站和人员落脚终点。这条连接亚欧大陆的古代东西方文明交汇之路历经2100多年，全长约6440公里，其牵涉区域之广漠,影响之巨大,人类历史上无有出其右者。在这条前无古人、后无来者的中西大商道上,不知上演了多少人间活剧。张骞、班超、玄奘、成吉思汗、马可·波罗、费迪南·冯·李希霍芬,和田玉、葡萄、西瓜、丝绸、骆驼、汗血宝马、经卷、茯茶,茶马互市、战火、和亲,楼兰、乌孙、天竺,长河落日、大漠孤烟、欧陆风情,金字塔、木乃伊、楔形文字、亚述学……人类文明由此互鉴共荣,世界变成和平友好的"地球村"。

正如人类文明风云变幻,历史上陆上丝路的具体线路,不同时期一直处于变动中。东汉时期,随着都城的东迁,丝路的起点转至国都洛阳,最初主要出产我国的丝绸。因此,1877年德国地质地理学家费迪南·冯·李希霍芬在其著作《中国》一书中,把"从公元前114年至公元127年间,中国与中亚、中国与印度间以丝绸贸易为媒介的这条西域交通道路"命名为The Silk Road,即"丝绸之路",这一名词很快被接受,运用至今。

随着古代历史演进,丝绸之路也在不断丰富内涵,不断"扩员",除西汉张骞开通的官方通道"西北丝绸之路"外,还有北向蒙古高原,再西出天山北麓而进入中亚的"草原丝绸之路",以及自长安到成都再到印度等国崎岖坎坷的"西南丝绸之路",即茶马古道,相当于现在内循环和外循环的大交融。我们更有肇自商周、秦汉时由岭南先民开启的从广州、泉州等沿海城市出发,经南洋到阿拉伯海,甚至远达非洲东海岸的海上贸易大航道——"海上丝绸之路"。

海上丝绸之路,是我国古代与外国交通贸易、文化交往的海上航道,亦称"海上陶瓷之路""海上香料之路"。它萌蘖于商周,生发于春秋战国,形成于秦汉,发展于魏晋,兴于唐宋,盛于宋元,盛极而衰于明,式微于闭关锁国的清,是已知的世界上最为古老的海上航线。我国海上丝路又分为东海和南海两条线路,而主要以南海为中心。

引 子

南海航线,又称南海丝绸之路,起点主要是广州和泉州。南海丝路是我们熟知的明朝郑和下西洋的线路,从中国经中南半岛和南海诸国,穿过印度洋,进入红海,抵达东非和欧洲,途经100多个国家和地区,促进了沿线各国的共同发展。东海航线,也叫"东方海上丝路",是胶东半岛"循海岸水行"直通辽东半岛、朝鲜半岛、日本列岛直至东南亚的黄金通道,也就是现在的中日韩海上贸易圈。

关于"海丝"的名称,唐代的"广州通海夷道"可视为最早叫法。至于正式说法,经学者考究,是由法国的东方学家沙畹于1913年首次提及并命名的。

致广大而尽精微,"陆丝"和"海丝"、"一带"和"一路",正好"联通""合抱"和团结了广大的亚非欧世界,极大地促进了人类文明史的演进。时光的指针走到公元2013年9月,中国从国情和世情出发,高瞻远瞩、审时度势,郑重发出"一带一路"倡议,承继、重启、激活、调配、扩容了这一流传千古的人类伟大实践和良药妙方。

而今,"一带一路"倡议已步入第十个年头。

十年征途不寻常。实践表明,"一带一路"倡议是中国发起、各方共建、世界共享的优质公共产品,高标准、可持续、惠民生是其品质,正因优质实用,故广受欢迎。十年来,倡议已从蓝图变成实景,吸引世界上超过3/4的国家和32个国际组织参与其中,化作各国的实际行动和发展成果,让百姓得了实惠。"一带一路"沿线建设的无数个"国家地标""民生工程""合作丰碑",均化作无字的诗、无声的歌,给世界添福增笑,洒向人间都是爱。

朋友们,听故事是人类源自母胎的天性。现在,我们围绕丝路上的人和物,来讲一个当代故事,博君一笑,并为时代留影。

一、百年寻根梦

从佛教圣地宝鸡法门寺文化景区归来,已下午4点许。

晴空万里,太阳像个大火球斜戳在西天上,秋阳如解剖刀般犀利夺目,似乎能闪瞎人眼,也似乎要燃爆西府大地上的所有物什。周围的草木、庄稼叶子,一律萎靡地耷拉着头,惊疑不定地躲避着阳光的凌厉和炙烤,担心着下一秒钟就化为灰烬;知了们躲在树叶后,发出喑哑慵懒的嗡嗡叫声,如同剩下最后一丝儿气。晚高峰尚未登场,城市街区空旷而寂寥,行人、车辆稀少,高温使塔吊上的工作暂停;空调里流出的水在楼下汇成小溪,楼宇上闪烁着金属物的光芒,让人疑心世界随时会遭遇一场大火。空气中弥漫着干燥火热似又夹杂着呛鼻气息的味道,天空传来鸟叫,却看不到鸟的影子……华裔寻祖团小伙伴们寻根赏景的雅兴,差不多被这骄横的天儿给烤得所剩无几了,比那些即将晒焦的叶子还委顿,一个个悄无声息、疲惫不堪地回了宾馆。

四轮驱动近半月,眼看就要到达丝路起点——中国陕西西安了,少女索娃娜欢喜雀跃、归心似箭。100多年的阔别、4000余里的阻隔,这遥远而浓重的乡愁,那迫切而实在的乡思,由萌生到积淀,由炽烈到浑圆再到纾解,就要在她这样一个21岁女娃身上实现!她怎能不激动呢?怎能不乐开花呢?怎能不迫不及待呢?在她的催促下,大伙儿克服疲劳、牺牲休息时间,拉行李箱下楼退房,上车直奔期待已久的目的地——古城西安。

本次"丝路寻祖之旅"是在吉尔吉斯斯坦经商的意大利籍富豪弗拉基米尔·利亨先生赞助安排的,而利亨听女友索娃娜的,所以索娃娜是这次旅行的主脑。主脑说此行不坐风船(飞机)自驾,利亨分分钟组织豪华车队;主脑说不从比什凯克出发而从陕西村出发,利亨立马在楚河北岸的托克马克市安排启程仪式;主脑说不从伊尔克什坦口岸入关而从吐尔尕特口岸入关,利亨舍近求远从速安排;主脑说不在乌鲁木齐大酒店下榻而在吐鲁番体验民宿,利亨盼咐落实次日去火焰山、葡萄沟、坎儿井、高昌古城、交河故城的日程。接下来敦煌莫高窟、月牙泉、张掖军马场、嘉峪关古长城、武威雷台汉墓、兰州、天水、宝鸡等一路的行程安排,无不是经由"老佛爷"索娃娜点头的。也是,20岁刚过的索娃娜,曾是吉尔吉斯斯坦知名的4号排球女将、第一主攻手,也是以颜值闻名世界的美女主攻手,服役期间还取得了国内名牌大学比什凯克人文大学的文凭;受家庭影响,她打小就会说汉语,又专门选修了孔子学院汉语班课程,如今说她精通中文,已毫无夸张成分;她平素做事干练,又有正义感,线上线下人气爆棚……如此能文能武,集气质、美貌、智慧、人气于一身的女神级人物,试问:哪个男人忍心拂逆她的心意?

现在,索娃娜说克服疲劳继续前行,七辆车十八人即刻出发,前后随行绵延约八百米,如过江之鲫般东向而来。车队经过大庆路,导引车适时超过首车,然后很快又驶上G30连霍高速。首车是一辆很扎眼的限量版保时捷房车,为索娃娜、利亨专享;紧跟首车的是两辆宝马轿车,分别载着两名索娃娜的闺密;紧跟宝马的是一辆 SUV 奔驰车,载着保健大夫三人;小车后是萌萌的皇冠指挥车,由索娃娜大学同学、知性美女伊莲坐镇;最后是比亚迪餐车,外形显得笨重,内部空间却宽敞舒适,师傅正在准备下午茶。车队配备组网信号步话机、5G 无线网络及车载视频设备,保障通信、指挥和游艺互动活动的顺畅运转。

秦岭巍巍,渭水汤汤,车队辚辚前行,步话机里照例响起伊莲略带沙哑的中文播送:亲们,今天是 2021 年 8 月 10 日,现在是下午 5 点 20 分,吉尔吉斯斯坦陕西村东岸子娃索娃娜回老舅家省亲寻祖车队第 14 日继续。前方向东,直奔目标——中国陕西省西安市,主题:长安额滴(我的)神。亲爱的朋友,此行我们已经走过近 3620 公里,离目的地仅剩一丢丢,约 180 公里。亲爱的旅伴,近乡情更怯,不敢问来人。千年古都,常来长安。朋友们,嗨起来,用我们一颗赤子之心拥抱古都长安!亲们,请为我们自己点赞!感谢大伙一路坚持汉语交流!最后强调,请继续讲普通话,汉语,中文!

索娃娜心花怒放,忙给父母打视频电话,之后不由得大睁着眼、竖起耳朵,平心静气地察看、感受窗外的景致:雄浑巍峨、苍翠沉郁、连绵不断的秦岭山脉,一马平川、硕果盈枝的肥沃田垄,纵横交错、便捷高速的交通网络,秋高气爽、鸟翔山坳、云吻蓝天的中国大西北腹地美图,以及穿行在道旁、村落、街巷、城市的老舅家人,甚至于枝头上的鸟雀、叶脉上的昆虫、渭河里的浪花……一切的一切历历如画,祥和、圣洁。岁月静好使她身心无比开阔、舒展、沉静,给了她满满的幸福,也唤起了她的女儿柔情,唤起了她青烟似的、迷梦似的、歌哭似的遥远而凝重的乡愁,以至于她激动得快要流出泪来。倚着车窗,可爱的她任思绪漫游……

一、百年寻根梦

穿过历史的烟云,你会看到:索娃娜本是吉尔吉斯斯坦华裔汉族少女。早在19世纪末,经营茯茶生意的祖先就从中国陕西西安城内的回民坊背井离乡,翻山越岭,跨过漫漫丝路古道,来到中亚生存拓荒、经营发展、繁衍生息;历经130多年,因各种原因到达吉国的华裔,现已发展成为一个拥有约12万人口的特殊族群——东干人。奶奶经历了十分痛心的婚恋,那场惊世骇俗的跨族群婚恋导致奶奶断了与父母的来往,更导致后来爷爷不明不白地亡故。身为汉人的爷爷,为心爱的妻子搭上了自己年轻的性命,只丢下一本漫漶着黄斑的老房契和一个1岁半的娃,便撒手人寰。我不刚强娃咋办?自那以后,19岁便守寡的奶奶嘴边吊着这句口头禅,独立操持,艰难养育儿子成人,家里遂彻底遵从了汉人生活习俗。如此,索娃娜的汉人华裔身份至今已累积三代。到索娃娜出生时,他们家的生活水平已达小康,上天怜惜她,我们的女主人公经历了无忧无虑的青少年时代,成长为排球运动员,并成长为一名球星。令人痛心的是,88岁已届米寿的奶奶半年前不幸过世;年近古稀的老爸经营一家中等规模的茯茶店,母亲从一所中学退休已多年;而哥哥奥托巴耶夫38岁,在索娃娜男友为大股东的铁路公司任列车长,他有个优雅知性的高知女友李依馨,两人正筹备婚礼。

索娃娜打小凡事凭性子,所幸吉星高照,读书、打球甚至交男友,诸事顺利。看着孙女这般快乐顺遂,奶奶悲戚地说,这是我前世积下的福气。一家人每每听闻这话,都忍不住落泪。没错儿,较之哥哥,她令父母、奶奶又省心,脸上又有光。可是,她顽皮、不定性的做派,也常令父母、领导、朋友心存忧虑。最不能接受的是,打球打到巅峰时她竟急流勇退了。几个月前,当索娃娜毫无征兆地宣布退役时,国家体育部门做出了有史以来最为严厉的处理:鉴于索娃娜毫无国家观念和竞技体育精神,国家相关部门决定,从即日起终止与她的一切合作。瞧瞧,不仅没有挽留,而且态度强硬。得到消息的半分钟内,利亨打电话约她出去并向她隆重求婚,但遭拒。理由简单而直白,她要回家"安抚情绪管控失效的父母"。回家后,没等父母宣泄不满,她就以奶奶临终的嘱托——"收回回民坊 16 号院并开业秘制腊牛肉店""回爷的省老舅家拍照片到我坟上"为由劝慰了父母,老爸老妈竟被感动得泣涕交下,觉得乖乖女"长大懂事了"。也是,回民坊 16 号院正是爷爷的身家性命,是他和奶奶忠贞爱情的象征,更是那一抹浓得化不开的乡情、家国情的代表,是全家人的心病。索娃娜的这个理由,谁会反对呢?刚安顿好家人,利亨就赶到,当面再次提说婚事,索娃娜温婉应答,等从"老舅家爷的省"回来再说,并孩子气地要求"婚礼要飞行表演,5G 全球直播,线上线下火力全开"。

  这对于利亨都不算事儿。经过短暂的郁闷,他立马安排了这趟来中国西安的行程。这不,历经半个月旅程,一行人马上要到达目的地了。

  也是,从出生到现在,这世界上还没有啥事能难倒霸道总裁利亨。他是丝绸之路终点意大利罗马城富豪的儿子,有着吉尔吉斯斯坦的血统,生着高耸入云的鹰钩鼻,现为冠亚矿业集团执行总裁,精通汉语,很健谈,有年轻人的自负和超越同龄人的心计。可不管他多么高大上、多么土豪,在小孩般的索娃娜那里都归零。也难怪,索娃娜乃排球界的一枚"圣女",不仅颜值爆棚、人气爆满,国手兼"国脸"——她真没少为那个国家长脸,也没少给广告商赚钱——而且关于她的绯闻几乎为零,她是童真、正气、蓬勃的代表。毋庸置疑,作为幸运小女生,她生活在自己的纯真、兴趣、感觉和逻辑里,随性随缘却又步步惊人,成为公认的具有孩子气、正能量、艺术特质和运动天才的女孩,但她骨子里天真未凿、冰清玉洁,身后虽有千军万马觊觎,奈何她从不正眼相视,只有意大利土豪男利亨一直伴其左右。

　　利亨大索娃娜10岁,今年31岁,精力旺盛得如同汗血宝马。奇怪的是,人们都在传,说他俩关系不是很腻很亲密。不知是索娃娜守身如玉呢,还是利亨是位真真正正的谦谦君子,人们怎么也搞不懂。更令利亨丧气的是,这一路美景一路歌狂,半个月下来,两人同处偌大的房车内,却啥事儿也没发生。这事儿说给谁听都不信!

　　谁的青春不迷惘? 这事儿,连索娃娜自己也没整明白。毫无疑问,利亨是她的初恋,但是,为了那抹遥远而凝重的乡愁,为了生命基因中的中国血统,为了奶奶爷爷的临终嘱托,为了爷爷的老房契,为了理想中甜蜜的爱情,她还是分分钟拒绝了他,很彻底很粗暴,从求爱到求婚再到求欢。利亨是很棒,但索娃娜相信,生命中还会有更好的男人和风景等着她。至少现在,她还不想搞那么复杂,还不想将自己交给男人或婚姻,因为她有更重要的事情要做,那就是回中国,替奶奶爷爷在故土看看、转转,去寻找奶奶老相册里老舅家爷的省的旧梦新景,收回爷爷的祖宅——西安回民坊16号院,并在老宅门面房里开业秘制腊牛肉店——这,就是她的心思;这,就是她的执念和梦想。也许,为了这个心思、这份执念、这个梦,她要错过一段爱情。但,真要那样,她愿赌服输,坦然认命。

　　为了这个命,她开始梳理自己与他的过往。

　　9年前,当她在遥远的吉尔吉斯斯坦托克马克市一所普通中学参加运动会时,哥哥第五次领着他的少老板利亨回家。12岁情窦初开的索娃娜如同一头小长颈鹿般鹤立鸡群,她亭亭玉立、长腿善跑,跑出了楚河州女子少年丙组800米的新纪录——2分19秒,一举震动了十里八乡,也震惊了目空一切的利亨。他就故意与她接近,可她很害羞,怕与利亨对视,而利亨却为索娃娜的纯真、矫健、美貌、羞涩,特别是她那双犹如蓝宝石般的眼睛所倾倒。离开陕西村,利亨好几宿睡不着,22岁的男子深深陷入了这个12岁女孩的眼睛里而不能自拔。被情感折磨得没办法,利亨通过给比什凯克体育学校赞助一笔重金的办法,自作主张将索娃娜转到这所顶尖体校训练,并给奥托巴耶夫涨了工资,让29岁的奥托巴耶夫当上了列车长。哥哥虽然觉得事情有点不妥,但他还是接受了,何况做列车长是他的目标,并且妹妹的确很有运动天赋而家里经济条件真的无法满足她如此宏伟的发展需求。当列车长不久,他就事业爱情双丰收,和李依馨处上了对象。

　　出于为儿女未来的考虑,父母当时保持了沉默,可事情理所当然地遭到79岁的奶奶反对。老人家一生刚强,她依恋孙女,为孙女担心,坚决反对才读初一的索娃娜远走首都,以树苗一样的身体去训练,当专业运动员。望着脸上皱成斧头、一把鼻涕一把泪的奶奶,索娃娜当下变了卦,虽然她懵懂地向往着首都和体育世界,但纯真的她无法割舍对苦了一辈子的奶奶的爱。哥哥和利亨早有准备,他们将奶奶也接了过来。这也促使尚在犹豫中的父母亲最后下定决心,年过半百的他们将茯茶店开到了首都比什凯克。此后,无论阴晴雪雨,索娃娜的体校门外,都有一位拄着拐杖的耄耋老人徜徉,痴痴地朝里张望,她就是索娃娜亲爱的奶奶。因为奶奶的疼爱和鼓舞,天赋异禀的索娃娜心气大增,训练成绩持续大进,运动天才也得到充分发挥,改变方向训练排球,16岁不到就进了国家女排当替补,随后更是大放异彩。不用讲,她也渐渐改变了对利亨的态度,因为多金豪爽、高大帅气、用情专一的利亨,的确并不那么令人生厌;相反,他有吸引女孩子的俊朗外表、绅士气派以及许多哄女孩开心的小手段。出于种种考虑,索娃娜竟慢慢喜欢上了利亨,虽然她还不能最终确定这是不是爱情。

　　就在索娃娜为爱迷惑的时候,今年清明,88岁的奶奶过世了,这让她伤心欲绝。可怜的奶奶虽寿终正寝,但她青年时因爱情受挫,继而遭逢丧夫终身未再嫁,艰难地应对外界非议、抚养弱子,果决地按照汉族人的生活习惯生活,使得她比陕西村的穆斯林要孤独很多,也承受很多压力。隔代亲——可爱的奶奶把自己的情感缺憾全都倾注到孙子、孙女身上了,她溺爱孙子和孙女,祖孙关系异常亲密、感情深厚,彼此都产生很大情感依赖。这么说吧,奶奶更像索娃娜哥哥奥托巴耶夫的忘年交伙计,而她却如同奶奶的小情人。所以,她和哥哥都受不了家庭第一次减员——失去至爱的打击,他俩有一个礼拜都茶饭不思。是利亨和李依馨,将他俩从这生离死别中拉出来。这使兄妹俩深深感到:利亨、李依馨就是他们的亲人。李依馨是她未来的嫂子,利亨不就是她未来的丈夫吗?索娃娜当时心醉地想。也就是在那晚的客厅里,利亨吻了索娃娜,索娃娜当时就酥软了,感觉灵魂出窍——明明闭着眼,却清清楚楚看到自己的身子缓缓飘起,飘到电视柜的上空,一直碰到屋子的天花板才被挡住,难以继续升腾——她忙惊慌地强迫自己睁眼,可半天才睁开眼,就听到砰的一声,她的额头生生碰着利亨的额头。他被碰疼,惊愕地停止了亲吻,看着她;她的额头更疼,两人就赶紧离开客厅,回到灵位旁。事后,她觉得自己是幸运且幸福的,但内心依然坚硬,坚硬地拒绝着什么、坚持着什么、向往着什么……

想着想着,索娃娜不知不觉地睡着了,在梦中回到了过去。

二、诗意在远方

那是毕业前的一个早晨,睡梦中索娃娜被男友利亨的电话吵醒,待她盛装打扮出宿舍,赶到校门口时,哥哥奥托巴耶夫已开车在门侧的临停区等她了。

兄妹俩直达比什凯克的中心阿拉图广场,远远就见广场周围建筑林立,其风格应归之为新粗野主义,十分悦目且很"上相"。他们绕行着朝吉尔吉斯斯坦民族英雄玛纳斯的雕像而去,雕像雄伟庄严,傲视四方,是吉尔吉斯斯坦国家精神的象征。曾几何时,作为排球明星的索娃娜,每每出征时均以玛纳斯为偶像暗自提紧心劲儿,而今天,她以一介市民甚至外来者的身份驱车接近广场和雕像,心境则大不一样。

哥哥停好车,目送她下车阔步走过去,这时利亨又打来电话催促,索娃娜接电话:……什么?11克拉!……喊——你很man(男人),真的很man!知道你土豪,不知道你如此土豪!恭喜,你可以买下阿拉图广场啦!……是Manas吗?……OK,我已经走过来啦……哈哈,我现

二、诗意在远方

在只讲中国话！好嘞,马上见!

挂了电话,索娃娜伸出长臂打着响指,忘情地唱:全世界都在学中国话,孔夫子的话,越来越国际化……

见妹妹这般陶醉,奥托巴耶夫提醒道:丫头,过去吧,利亨在等你呢。

哥,忘了问啦,利亨今天怎么发神经,让你一个堂堂的列车长开滴滴啦?索娃娜收住迈出的右腿,歪着头疑惑道。

甭提了,流年不利!列车违反规定,被熔断停运两个班次,等着接受流调哩。哥哥眉头不展地低着头说。

呀,这咋办?

对了,利亨要向你求婚哩。哥哥转了话头,脸色阴转晴,笑着说道,脸像盛开的向日葵。看得出,他是赞成这门亲事的。

这回该索娃娜皱眉了,焦急地问:求婚?哥,那……这……咋办?

利亨不错。乖,去吧!答应人家!哥哥带着期许,轻松道,打心底为妹妹高兴。

索娃娜不知所以,并没有想象中的那么开心,而是机械地应一声,先过去了。奥托巴耶夫在身后喊:好,哥等你好消息。

索娃娜脑子有点蒙,三步并作两步来到雕像下。时辰尚早,广场上人影稀疏,她隔老远就见西装革履的利亨急急而来,便调侃道:早哇,利亨阁下!哟,牝鸡司晨,起得早哪!

利亨似没听到她的话语,并不理会,而是专注于自己的预定动作,疾速跪倒,用吉尔吉斯语说:索娃娜,11克拉钻戒,献给你!

体育出身的索娃娜见不得人在生活中下跪,就急急如律令道:别……喊男儿膝下有黄金,别跪呀!

利亨不管不顾,继续他的求爱模式,又换成俄语虔诚地说:亲爱的,嫁给我吧！

索娃娜被吓到了,说:别吓我,利亨!

为打动女友,利亨改说中文:我也说中文。亲爱的,嫁给我吧!

索娃娜咽喉干涩,发出含混的"我……",却一时说不出完整的话来。利亨跪拜上前,激动道:我说,来,亲爱的！戴上这异常罕见的豪钻。

索娃娜急得哭起来,喊利亨起来。利亨以为她答应了,遂大功告成般大悦道:哈哈,吓死宝宝！我等了你……

索娃娜见自己的意思被曲解,忙纠正道:不,利亨！我以为你开玩笑……对不起！我……我……这、这是……冷笑话！说着急忙逃跑回去。

身后传来利亨暴怒的叫喊:滚——

妹妹跑回来时,奥托巴耶夫正在接老板的电话:利总放心！……好嘞,我劝劝我妹……

他话未说完,索娃娜已无限委屈地走来,倚着哥哥身体,哭道:哥,啊啊……

别哭！乖,听哥话,利亨是不错的娃娃！学历、样貌、资产、人品,都挑不出毛病,还知根知底,我们都很了解。你们也认识八九年了……再说了,哥还是他公司……列车长呢,他是我老板。奥托巴耶夫苦口婆心地结巴道,年近不惑的大老爷儿们内心生出极大不安来。

呀,这咋办？索娃娜一时作难,刚才情绪激动,一时忘记了哥哥寄人篱下的处境。

咋办？奥托巴耶夫莫名地反问,也在自问,极力思考着解困之法。

索娃娜要说什么,却见手机来了微信,她道:等下,我看手机。啊,不好！中国的一个《丝路情缘》电视剧剧组在撒马尔罕郊区受困,急需汽油。

奥托巴耶夫也是大吃一惊:啥,老舅家来的剧组困住啦?

是,得想办法!

对,要快!

索娃娜就开始打电话,打了好几通电话,均无果。她抱着一丝希望给大学同学打去:伊莲,在撒马尔罕吗……太好了!是这样,我老舅家车队困在你那儿附近了,需汽油,你能帮忙解决吗……爱死你!再见!她挂了电话,高兴地挥动长臂,打着响指说声"搞定"。

奥托巴耶夫也很高兴,道:回去,答应利亨。

不!

奥托巴耶夫坚持着:别犟!

哥,他不支持我回中国。

人家知道咱有一颗寻根问祖的心,怕咱飞。

所以……索娃娜欲言又止。

这说明啥?说明他稀罕咱。毕竟,中国如天堂,又赶上这"一带一路"倡议……

索娃娜正好接上哥哥未说完的话:所以,哥,我得回去寻祖寻根,了却心愿。奶奶的临终嘱托我一直没忘记。哥,快给我钱,我要飞西安。

好,我转给你,别让李依馨知道。

索娃娜不觉喉咙痒痒:老哥,李老师——嫂子不差钱,更不小气。

不是嫂子,是女友。

都差不多。哥,我想听你唱《我的中国心》。

奥托巴耶夫知道妹妹想奶奶了,接着就见她鼻翼颤抖,悲恸地哭起来:啊啊,婆……

奥托巴耶夫何尝不是?他被打动和感染了,于是说:丫头,哥听你的,你可以暂缓婚事。

索娃娜不能相信自己的耳朵,问:真的?

呃,你是对的,你做得对,祖宗根脉高于天。奥托巴耶夫愧疚地说:这件事,是哥冲动了。

索娃娜感动道:谢谢哥!我才21岁,一时半会儿的事,哪能与咱几代人的感情比?

奥托巴耶夫很赞同妹妹的话,觉得她长大了。索娃娜却替哥哥担心:那你工作咋办?

奥托巴耶夫充满人生况味地说道:凉拌(办)!该来的终究会来。不说啦,我也想婆咧!

兄妹俩坐在车内,沉浸在往事回忆里,回想起奶奶去世的那一幕。那个春天的夜晚,父母不在,亲爱的婆快要寿终正寝,他和妹妹束手无策。婆躺在床上,气若游丝道:老而不死是为怪……乖,都别哭!

年轻的索娃娜惊恐万状,吓得直喊叫:婆……

奥托巴耶夫也是不住地呼唤着婆。婆积攒着平生气力断断续续道:人不死,何言福……婆88啦……离开你爷将近70年……太长啦……他一定等急啦……婆想他!

啊啊……婆你不能走!索娃娜哭天抢地,天要塌了般脑子发蒙。

奥托巴耶夫也道:婆,你还硬朗,还刚强!

兄妹俩哪里见过亲人的离世,都盼着父母早点回来处理危局,可远在中国成都的父母却刚刚赶到乌鲁木齐地窝堡国际机场,看着丸圪垯的人群,他们一时难以回来。婆继续挣扎着说:啊……孙娃子、孙女……你们长大啦……多好……婆如今……成……烂骨头、废物……帮不了……你爸妈……反而拖累……

索娃娜:婆!你是宝,我不让你走!你为我们家受了那么多罪……

奥托巴耶夫:就是,婆,我们服侍你,你要长命百岁。

婆有气无力道:孩子!婆……累……啦。

索娃娜赶紧让她歇歇。她却强撑着道:不……趁还能说,婆……

奥托巴耶夫也轻唤婆,索娃娜道:婆,你别吓我哇!

啊……婆有要紧话……

兄妹俩齐声道:嗯……婆,你说!索娃娜又说:我听着呢!

婆沉吟着,似在攒足气力。索娃娜不明所以,吓得连唤"奶奶"。奥托巴耶夫劝道:让婆歇会儿。

索娃娜又忍不住道:婆,我离不开你呀婆!

奥托巴耶夫附和着:就是,婆,你还不老,你要心劲大,再活10年。

婆挣扎着道:老相册……

奥托巴耶夫吩咐索娃娜去拿婆的老相册。很快,索娃娜从里屋拿回老相册,对奶奶说:给你,婆!

啊……婆困……奶奶痛苦道。

奥托巴耶夫立即吩咐:翻给婆看。这是老舅家爷的省中国陕西的老照片,还有咱爷爷留下来的咱祖上在西安城坊上的老四合院的房契。婆,我对不住你,常跑西安却没带你回去看看。孙儿不孝!

不怪……你……是婆身体……不好。奶奶挣扎着尽力把话说全,不让孙子背负担。

索娃娜见奶奶似乎好转,忙道:婆,我现在马上毕业,一毕业就带你回西安,去看咱西安的祖产,逛吃逛吃,拍新照片回来,给全陕西村人夸,给全陕西村人看。婆,你要有心劲。

奶扭曲着脸,兄妹俩却知道那表情叫作欣慰。奶奶道:好……孙女!婆舍不得……离开……

索娃娜毕竟年轻,信以为真道:嘻嘻,你答应啦!

奶奶不住地喘息着，说不出话。奥托巴耶夫又道：让婆歇会儿。

奶不敢停顿，使出所有力气道：听……着……

奥托巴耶夫、索娃娜忙近前答应着。奶断断续续道：爷的省、爷的城可美啦！回民坊上、钟楼城墙、秦岭风光、西岳华山、三国故地、广货街、黄河壶口瀑布、药王山……都要去看……130多年啦……咱们对祖国的念想不能断呀……记住啦，还得、得三叩西门进城……

兄妹俩连答：记住了。奶奶喘息着道：啊……还有……腊牛肉……秘方……

索娃娜：全在我脑子里，婆！

奶：孙……女……

索娃娜：婆！

婆憾恨许久，道：婆多想……亲自……去……一口浓痰让她咳嗽却咳嗽不痛快，似要了她的老命，最终强烈的欲念还是战胜了浓痰带来的窒息，她咳嗽一会儿，继续吐出如下字：丫头，你替……婆……去……

索娃娜听罢，本能地喊出个"好"字，哭叫着连喊婆。

奶：别哭……乖……唱……支歌……吧……

奥托巴耶夫立即答应，只要能使奶奶延续生命，他什么都肯做。索娃娜也反应神速，急问：呃呃，还是《我的中国心》？

奶用几乎听不见的声音发出"好"。索娃娜开始唱：河山只在我梦萦……

神奇般地，奶奶竟有了千钧力气似的，跟上唱：祖……国……已多年未……亲……近……

奥托巴耶夫也跟着唱：可是不管怎样也改变不了……

奶孙仨合唱：我的中国心。

就在这仪式般的吟唱中，奶奶寿终正寝，闭上了双眼。

二、诗意在远方

睡梦中的索娃娜痛苦莫名,心疼得想挣扎着醒来,却不意又跌入另一场大梦中。

隐约中,她又回到母校比什凯克人文大学毕业典礼的现场。大礼堂内,数千人全戴着口罩,数千双眼睛活动,显得这世界有点特别——疫情毫不客气地改变了这个世界,2020年前故去的人们定然奇怪于疫情下的世界。毕业典礼进行到中间,似歇场的氛围,索娃娜耳边有人低声读礼堂里布置的横幅,女的读:告别花样年华,奉献祖国母亲。男的读:毕业季,祭我们即将逝去的青春。突然话筒尖厉地啸叫起来,主持人李依馨"抚慰"好话筒,继续讲话:比什凯克人文大学毕业典礼,最后一项,授予孔子学院索娃娜同学"特别贡献毕业生"光荣称号,以表彰其解救中国《丝路情缘》剧组的义举。由校长穆罕默德亲颁奖牌。祝贺!

掌声雷动。索娃娜年轻的心受惊,又想挣扎着醒来,却还是跌入大梦,继续着更加令人激动的梦境,她看到自己温婉深情地说:谢谢老师!

她看到开明的校长儒雅诚挚道:我爱你,中国!你不仅有古代四大发明,有丝绸之路,还有"新四大发明"。

哇呜,我爱你,校长!索娃娜情不自禁脱口叫道。

欢呼如潮水般再起。李依馨知性柔美的声音响起:典礼结束。青春不散场,请大家移步放映厅,观看中国大片!

人群一片喊好,李依馨激动道:有请利亨先生!

利亨高大的身躯有点笨拙地走到舞台中央,顿一下道:我说,诸位好!咱们轻松点,哈……我宣布,资助汉语班同学去 Xi'an China!

这纯粹是天外来喜,现场欢呼声迭起。索娃娜喜出望外,不知不觉间走上台,对利亨道:谢谢你的改变,利亨!

爱你,连同你那颗寻根的中国心!利亨温文尔雅。

索娃娜有点迷醉,颤着声道:利亨,我好开心,爱了爱了!

伊莲首先起哄:亲一个!

人群像涨潮的海浪,一波跟着一波,反复喊:亲一个,亲一个!

So easy(轻松)! 利亨来了劲。

场上喝彩一片,伴随着热情的口哨声。李依馨不知何时上到舞台左角,幽幽道:肃静! 请允许我代表老舅家人欢迎你们。中国人民热情好客,"一带一路"合作共赢,破解疫情拖累下的世界发展难题。预祝你们的丝路之旅顺畅、快意、圆满! 收获多多!

利亨道:李院长,谢谢你!

李依馨小声道:观影开始,朋友们请尽兴!

她的结束语引来几声口哨。

索娃娜依旧没醒,继续在梦中漫游,她惊异地发现,这梦其实就是自己刚刚经历的事情。

启程那天,她和利亨回到托克马克的陕西村头,两人在一片鸟鸣、虫鸣声中朝村子走,索娃娜欢喜满满:好家伙,利亨,你啥时候触电了? 还眼光很毒,投资的那电影不错啊! 看电影感受过去残酷的战争,但我们还是希望世界太平些。

那是那是! 谢谢! 利亨彬彬有礼道,心潮逐浪高。

不料,索娃娜话锋一转,却"将军"起利亨来,嗔道:你是富豪,各方面都不错,娶沙特公主去吧!

利亨深情款款道:那哪成? 婚姻大事得慎重。天底下,就你入我眼!

骗人! 天底下最靠不住的,是男人的嘴!

貌似你阅男人无数! 利亨道。

我想阅来着,索娃娜嘟着嘴说,可你愣是没给机会。

二、诗意在远方

利亨说:一粒种子要发芽,能怪阳光?

索娃娜说不过,就换了话题:你还会不会说俄语啦?

我只会中文!

索娃娜想起什么,道:有了!

什么?

飞机不行,不如我们四轮驱动,开车沿丝路前往西安,这季节,一路有美景相伴,是不是很好呢?

利亨一急,用俄语道:好主意!照办!

噗,成功打回原形!索娃娜一喜。

利亨却俨然:真的,开车去西安,我各项准备都安排妥当啦。

索娃娜又一次被感动:亲爱的,你是最称职的男友!

利亨道谢。

索娃娜道:我要最盛大的婚礼,婚礼要飞行表演、5G全球直播,线上线下火力全开。

利亨爽快答应:小 case(事情)!

还有什么?索娃娜风情地瞅向男友,满含期待。

利亨却转了话题,道:我说,我这趟可是任务满满。想引进中国5G技术,移植西安的一台舞剧,还想卖掉我的大粮库——近年全世界粮食安全问题凸显,咱变现的机会来了;还有,争取与中国"长安号"班列合作成功。总之,理想很丰满,就是不知道能不能落地,现在生意不好做哪!

索娃娜故作不满道:哼哼,果然,某人是要凑着腊八过肥年哪!

利亨不理解这句中国谚语,疑惑道:我说,才8月,过年还早吧!我要趁着这丝路商机,抓紧推进集团业务。

噗,索娃娜被逗笑,却不做解释,哈哈!那,说好咯,从西安回来咱

021

就结婚。

利亨求之不得。索娃娜开心地联系西安的网友,告知他们自己的行程。两人耳边响起蛐蛐、知了的叫声,鸡鸣狗吠以及那熟悉的乡音,鼻孔里也装进了新鲜的青草饭香的气味儿来,便知道陕西村已经到啦。利亨就去忙,索娃娜一边与乡亲们亲热地打招呼,一边散糖给大伙,道:婆你好!来,吃糖。

一位步履蹒跚的老太太高兴道:呀,我娃回来咧?

回来咧!岁婆,婶子,我回老舅家爷的省呀!索娃娜回答,透出亲切感。

人群中窜出一个头发毛乱、脚踩新皮鞋的中年妇女,声音洪亮:好!回老舅家好!喳,娜娜齐整得很!

得是回西安城坊上呀吗?另一个金嗓子妇女问。

就是!就是!索娃娜连声应道。

一个八九岁小孩直喊:姑姑好!带上额!

索娃娜:海军又长高咧!乖,摸摸头。你真想去?

起开,悄悄地,别在这儿旋着丸圪垯。老太太露出金牙道。

一群孩子做着鬼脸,边嚷着"呜哇,咧咧咧"边跺脚后退着跑远去。

老太太笑一下,道:额娃乖的,喳,把你婆老本本带上些!

好……婆!专意带着老相册呢!婆,你多保重。索娃娜应承着,倍觉温暖。

瓜,给婆领个中国女婿娃回来,嘿嘿!

不——好……我拍了西安城,给咱拿回来,咱都看!

老太太喜笑颜开道:好!你大妈、你三妈,还有海军,咱全陕西村都等着你嘛!

大家说说笑笑,所有人都兴兴头头拥到舞台前。一个小伙转头瞧着,啧啧称赞:牛!新赞赞的七辆豪车!车队标识也扎实,车上的李白像吸睛得很嘛!

这时,有人吹话筒,见是利亨。他神气道:他大舅他二舅都是他舅,高板凳低板凳都是木头。今天,我们在一代诗仙李白的出生地、美丽的陕西村,为我女友索娃娜回老舅家寻亲举行隆重的启程仪式。感谢乡党们联手捧场!现在,仪式开始,请尊敬的村长胡安彩先生上台剪彩。大家欢迎!

人群鼓掌。索娃娜和胡安彩上台,胡安彩夸道:额娃,你今天穿清代的红衣裳,像漂亮的新娘。

索娃娜:谢谢村长!你也更精神咧,感觉心劲大。

在鞭炮声中,在火药味儿的弥漫中,在人群的欢叫声中,热烈的剪彩活动结束。胡安彩道:喳,都准备好咧,现在举行发车仪式!注意!我宣布,东岸子丫头索娃娜回老舅家寻亲活动,现在启程——

一时枪鸣、车响。众人纷纷上车。人群跟前来,索娃娜鼻子酸涩,隔着车窗喊:再见,乡党!

利亨豪气地喊:乡党,再见!

胡安彩和人群喊:再见,索娃娜!一路顺风!

索娃娜再次喊再见,声音已经沙哑。老太太钻出人群喊:瓜,给咱领个中国女婿回来!

三、初见爷的城

索娃娜醒来时,已到西安的温特尔酒店落车平台。

她抱怨利亨没及时叫她,利亨忙赔不是,并慌忙将早已准备好的腰牌拿出,郑重其事地戴在索娃娜旗袍上面。她纤细灵活的腰肢在车内蜷曲着,不断地左扭右扭,还问利亨漂不漂亮,得到了肯定回答后,她才高兴地下车。

不知不觉来西安已二十多天,这天晚上,他们稍事安顿,索娃娜再度戴好腰牌,大家一起逛曲江夜市,悉心感受爷的城——西安。

神秘的长安夜色撩人,丹桂飘香,晚风拂面而来,分外惬意。大家在海港城吃完饭后,朝东信步来到大唐不夜城步行街,打卡这世界驰名的网红金街。街区各式各样的灯光秀璀璨夺目,放射出变幻无尽的光芒,仿唐古建夹街耸峙,雕像绰绰,树影婆娑,人来人往,好一派人间繁华。利亨和索娃娜姗姗走来,边走边看,不住地躲着来往游人。索娃娜本为球星,在中国球迷中有一定知名度,此刻她的姿容装束如出水芙

三、初见爷的城

蓉,引人注目,尤其是腰牌上金灿灿的"寻租"二字分外扎眼,招惹得行人不断侧目、议论纷纷。见大伙这般热情,人来疯的索娃娜很是得意,一蹦老高,用陕西话叫喊:嫽扎咧!爷的省大得太、美得太,丫头我回来咧!

人们用更加异样的眼光看她,索娃娜全然不顾。

二十多天不见,积攒了不少思念和缱绻,利亨猴急地抱住索娃娜亲热。迷幻的氛围,一下子激发了两人内心的渴求。利亨道:快,回宾馆!

嗯嗯。索娃娜也心花怒放,浑身软塌塌的,似顶满露水的草枝儿。

两人手挽着手,平素矫健的索娃娜此刻表现出少有的小鸟依人,蛇一样紧贴着利亨的身子往房间走,呢喃道:对了,在敦煌时,到底谁打的那个神秘电话呀?寻祖队伍到达敦煌时,利亨曾因一个电话而紧急飞来西安处理,四天后才又飞到兰州与大伙儿会合的。

西安方面……我说,是西安相关部门。利亨含糊作答。

啥事呀?索娃娜继续问,眼里闪出的丝丝柔情在闪光。

公司的事。利亨轻描淡写说。

哦哦!索娃娜放开利亨的手。当初,本要坐飞机来,但给耽搁了,改为四轮驱动,一路向东,反而一路盛景,一路风情,一路歌狂,更好玩,更有意义,真正达到了寻根问祖的目的。不过现在,她非常担心哥哥班列违反要求的事被查,担心事情持续发酵。

利亨看出了索娃娜的情绪变化,扫兴而违心地说:不想让你知道,叫你担心。我说,乖,相信咱哥没事!

呀,这么说,我哥也到西安啦?那我打电话。索娃娜钻出利亨的怀抱。

别别,他的电话不怎么好打。

索娃娜不耐烦道:为什么呀?我微信联系他。你是老板,不能让他到处被查啊！

利亨急了，放开索娃娜说：我说，不查，不调查怎么证明咱哥奥托巴耶夫的清白？

清者自清，不证都清！我哥本就清白，不用查！索娃娜已经落下利亨几步，激动地说，双手在前面比画着，继而竟挥动右臂来了个扣杀球的动作。

我说，正因为清者自清，才需要我去配合，将咱哥——我的老朋友带到相关部门，弄清楚搞明白呀！利亨回头摊开双手申辩着，脸早皱成了核桃壳。

你去你去！快去快去！索娃娜冲动地说着，发疯般掉头跑开。很快，她强劲富有韵律的脚步声融入西安音乐厅旁《西安人的歌》的怀旧旋律里。

看到女友腰牌上金灿灿的"寻租"二字在人群中奇妙穿梭，一晃便不见了，利亨有恍如梦中的感觉，不得不慌忙追赶而去。可他哪能追上排球女星，只得眼睁睁地看着索娃娜的影儿越来越远，越来越小，最终消失在一排大雕像群前面的游人堆里。

大唐不夜城雕像群东侧，一大群人有近千名，围得内三层外三层。里面两层空地上，有两个男子在跳街舞、做直播。伴随着歌曲《西安人的歌》，三脚架上的手机对准着一个30岁左右胡子拉碴的清癯男子，他正从台阶上跳上跳下，不时翻滚，不断弄出惊险动作来。舞者名叫辛实戴，北京人，双一流大学历史学硕士毕业，现为西安一家文化公司职员。伴随他轻飘忽悠的惊险动作，人群中发出一连串的惊骇尖叫。在大伙的尖叫声中，索娃娜气咻咻地跑过群雕脚下。她已跑出近2公里路，也跑得心头的怨愤消散了许多，这才下意识地抬眼看一下周遭，很快便又被群情激昂的直播人群吸引，且走且看。突然，辛实戴对天长啸：

三、初见爷的城

啊——哦——

索娃娜闻之一惊,脚下一滑,"啊呀"一声绊倒在硕大的群雕下的玻璃琴键上。

人们的注意力并没被索娃娜的跌倒而分散,依旧瞅着那个行吟诗人样的活蹦乱跳的直播歌舞者辛实戴,却见他直奔雕像群而去。大伙顺着他的方向,这才发现了重重摔倒的索娃娜,看他拉起了一位漂亮外国女孩儿。一刹那,索娃娜与辛实戴目光相接,电光石火间,两人的目光中都有了特别闪亮的光彩。索娃娜兀自矜持着,精致漂亮的双眼皮顽皮地一挑,纳闷眼前的男人怎么乍一看这么像她哥奥托巴耶夫;辛实戴这边也是热情地注视,觉得眼前的姑娘正是自己"众里寻他千百度"的那个"她",让他觉得四周充满神性、浑身通泰。就这样,两人四目相对,许久无语。猛然间,辛实戴发现了索娃娜左髋旁的那两个金光大字"寻租",脸上掠过一丝不易察觉的笑,忙指指点点,示意其改正。无奈,索娃娜并未领会辛实戴的真正意思。一连串的事情来得太突然,就连周围的中国人也才有极个别读懂了辛实戴的善意。说时迟那时快,恰在此时,霸道总裁利亨追上前来,本就愠怒的他,见辛实戴竟敢将咸猪手放在自己女神面前乱舞,而索娃娜并未有丝毫反感表情,只是一味眼睛发亮,似乎郎情妾意正恰到好处……利亨不看则已,一看不由得妒火中烧,恨不能挥起老拳将其揍扁。

这时,一个高晃晃的汉子——辛实戴的老板兼朋友郑能亮挡在了他面前,将利亨与人群隔开。利亨急着要凑近,无奈却怎么也挤不进去,急慌间他听到辛实戴对索娃娜关切道:哎呀小姐姐,刚才摔疼了吧?

没事儿。您跳舞真棒,迷着我了!索娃娜羡慕道,又抱歉着说,影响您直播,该掉粉啦,不好意思!

没有没有,谢谢夸奖!这才叫真正的现场直播嘛!辛实戴摁一下手机屏,关掉直播,谦虚道,瞎玩呢,您别见笑哈!

哪里哪里!小哥哥,我叫索娃娜,来自吉尔吉斯斯坦,刚到不久。索娃娜热情道,敢问尊姓大名?

我叫辛实戴。辛苦的辛,实际的实,戴腰牌的戴。

嗯啊,很高兴认识。

我也是。辛实戴支吾着,并没有放弃刚才的意图,继续道,可是小姐姐,您腰牌上的字"寻租",写得不对,闹笑话了。

怎么不对?索娃娜一惊,好像发现河水突然倒流起来。

辛实戴:哎呀,咱别站中间,影响人家跳舞呢。来这边,我给您细说。

两人移步到旁边去。利亨终于可以凑近,紧跟上来气咻咻地问:小伙儿,想干啥?黑灯瞎火的,我说,你这是要去哪?

见突然冒出来个魁梧的外国男子,还怒气冲冲,出言不逊,辛实戴委实有点紧张,忙解释道:啊啊,没事儿,就是……跟这位姑娘说说腰牌的事儿。

腰牌?腰牌怎么啦?我是她男友,腰牌是我弄的,这事你跟我说。利亨急于表明身份,大包大揽道。

先生,字儿有问题。辛实戴实话实说,镇定下来。

我说,有啥问题?你逗什么能?利亨不相信自己精心准备的腰牌能出纰漏,肚子里好像失火的天堂般冲口问。

先生,不是逗能,是……辛实戴只好解释周详。

这时,一旁听不下去的郑能亮上前,打断道:辛实戴,别理他!

好,郑总。辛实戴想就此作罢,却忍不住小声嘟囔,喊,好心当作驴肝肺……

利亨误解了这句中国熟语,怒道:我说,你咋还骂人呢?驴肝肺,谁是驴？谁是肝？谁是肺？说清楚！

哈哈,利亨……索娃娜被逗笑,捂着嘴道,嘻嘻,笑死我！人家没骂你！

怎么没骂？明明……利亨十分惊异,很生气自己的女友向着旁人。

辛实戴小声道:喊,听不懂人话！

你听,又骂人呢,多刺耳,骂我不是人。利亨道,找到了辛实戴冒犯自己的新证据。

噗,就你狗耳朵尖,嘻嘻！索娃娜娇笑道,上前拍一下男友肩头,顺势将他的头往回扳。

晦气！利亨瞪眼摇头悲叹道。

索娃娜又转头安抚辛实戴:对不起,辛实戴！

喊。辛实戴把头别向侧面。

郑能亮:姑娘,我姓郑,是辛实戴的朋友,也是他的老板。对刚才产生的误会,我向你们道歉！说着,微微低一下头。

郑总,没事儿！索娃娜赶紧道。

我这伙计失业、缺钱……更重要的,心上没个眼——缺心眼,于是他女友离开他去了新加坡,哈哈。郑能亮揶揄道。

真没事儿,郑总！索娃娜不停地点头,露出同情的神态,想起了自己在新加坡的朋友。

真的！我朋友给人女孩写信——发电邮,额滴神,人牛成马咧。我朋友可怜,姑娘你理解！郑能亮说着,用眼睛瞪利亨。

嗯嗯。索娃娜道,您这陕西话正尊(宗)滴很！

我啊,咱正尊的西安人,跑过世界上好多地方,但说句实话,就喜欢老祖宗留的这一亩三分地,喜欢长安这地方的气韵。郑能亮自信地夫子自道着,一点不见外,问:你说你是中亚人,是咱陕西这里过去的乡党吧?

是的!我是华裔,是汉人。

郑能亮:是来寻亲问祖的?

您咋知道?索娃娜惊异道。

丝路沿线各国,经常有人来长安寻祖。

这时,愣怔了半晌的辛实戴搭腔:对不起姑娘!寻祖你得专意进西安四堵城墙里面去转转、多看看……

一句话让索娃娜想起了奶奶的嘱托,她说:明白。快,利亨,我要进城!走,咱去坊上逛!

利亨懒洋洋道:下次吧。

索娃娜:不!我等不及!

利亨让步,道:我说,今晚先开车去看城墙夜景,如何?

索娃娜同意下来,两人离开网红街大唐不夜城。一上到房车,利亨就惊喜道:你俩不是网友,他不是你的前世,你也不是他的今生,哈哈……你俩纯粹没戏!他得意地跳着,不料头撞到了房车顶。

索娃娜不但没有抚慰男友,反而一下子怒了,她没想到利亨这么小肚鸡肠、捕风捉影。于是,她冲动地跳下车,拦了一辆出租车钻进去。

四、我是仙丫头

华灯璀璨，环城西苑树影扶苏，护城河在月华的辉耀下泛出粼粼的光晕，城墙垛儿被月色晕染得晦明参半，盆景和花木现出一个写意的背景。虽是清夜，人事活动几近停歇，但城墙上的灯光秀仍旧不知疲倦地播放着，而秋虫、青蛙与夜鸟的音乐会似乎正要达到一个高潮……环城西路，正有一辆出租车轻快绕过，车顶屏幕上闪着：千年古都，常来长安。

车内，索娃娜放下车窗玻璃远眺。美丽古朴的西安城墙展现出神秘沉静的迷幻面影，透出源自历史深巷的风致，深深震撼着她。无数次，索娃娜曾在奶奶老相册的照片里看到过西安古城墙，那黑白轮廓雄浑苍劲，让她莫名想起仨字：真如铁。如许感觉，曾勾起过她对爷的省爷的城的无限遐思和神往。后来，她在网上经常看西安城墙的照片和视频，苍黑恢宏的城墙屹立于现代西安的中央，庄严肃穆，散发着历史的味道，诉说着古都的过往，烘托着城市的新韵。直到现在，索娃娜儿乎对西安城墙烂熟于心，可能有着比西安人更多的关于古城墙的知识。她知道，眼前的城墙位于西安市中心，是中国现存规模最大、世界仅有的保存最完整的古代城垣。此刻，索娃娜就由西南城角向北朝西门安定门方向前行。灯火辉煌的环城西苑花木掩映、暗香浮动，若隐若现，护城河一池清水泛出粼粼的光，施展着蛊惑人心的魅惑力，令索娃娜心花怒放。她想，单就今日对古城浮光掠影的所见，就已超过了世界上的千城万国，超过了吉尔吉斯斯坦全国最好的地方，更别说去详细寻访这座城市的具体风物了。虽然她觉得这个念头有点没良心，但还是止不住地冒出这奇怪的想法。她觉得，有时候，人是多么主观哪。

出租车后，远远跟着一辆豪华房车。

出租车开到西门外后停靠到路边，索娃娜下车。她舒展四肢、站稳脚跟，长舒一口气，慢慢抬头仰望，从未想过自己离西安城墙这般近，视线被城垛儿和角楼遮挡，有了压迫感。那令她魂牵梦绕的西门城楼岿然突出于城墙外，威武气派，与城墙形成一个巨大探头；而通往古城内的三个巨大的西门门洞，则像三个高约三丈、宽两丈多的巨幅屏幕，正播放着城内的人间繁华和尘世热闹……蓦地，一种自豪感、一种打内心升腾起来的由来已久的敬畏感、一种从历史深巷中冲撞而来的敬重感、一种源自母胎的亲近感控制了索娃娜，她觉得自己太幸运啦，忙行礼致意。

这当儿，尾随而来的房车开近，也靠边停下。利亨下车，径直冲到毫无防备的索娃娜背后，不由分说地紧紧搂抱住正在行礼的索娃娜的纤腰，抱起她疯狂地往房车里塞。索娃娜始而惊惶挣扎，继而弄明白是利亨，便拼命反抗，双腿悬空乱踢腾着，但利亨也是生猛小子，力大如牛，她终被利亨弄进房车……

深夜的古城，月光皎洁，华灯静谧祥和，城墙内外氤氲着桂子的馨香;护城河里青蛙献上慵懒的呱呱声,与河畔草丛中的秋虫和鸣着;夜游的鸟儿发出几声单调、诡异的怪叫,从护城河畔的法国梧桐上一个扑棱就到了城墙箭楼顶上,良久又朝西俯冲向城里的五星街教堂方向。出租车快速驰过环城路,不时有富家哥儿们跑车的狞厉叫声撕破夜空,穿城飙过,似从人心头驰过一般,引得附近私家车上的电子狗齐吠起来。利亨的房车游弋在环城公园外,索娃娜不时逃下车来,跑到半道又被利亨弄进去,如此反复直到凌晨。

  清晨时分,索娃娜才消停下来,她头昏脑涨地看着房车开到南门外停下。古色古香的南门在晨曦中巍峨秀丽,南门作为古城的正南门,其形制更大,完整保留了明代"门三重楼三重"的样貌,广场景致也比西门更显雄伟、现代、气派;黑色的永宁门吊桥尤为扎眼,它是西安古城唯一的吊桥,经常接待各方政要和重要嘉宾的西安入城式就是在这里进行。南门盘道外,地标级别的建筑林立,西南是金花豪生饭店,南面长安路西是长安国际、王府井百货,长安路北是SKP、珠江国际,东南是西安会客厅。这些高端建筑里入住着众多的世界五百强及其品牌,平日里吸引无数游人眼光,此时却一味宏阔、肃穆、精致、整齐。不一会儿,南门环岛边公交车、私家车多起来,上班、上学、公干、游玩、消闲、参加全运会的人多起来。很快,晨练的居民聚拢至广场上,耍木猴、电子猴的人们正在试鞭,赤裸着油光油光的上身,清脆的鞭响荡过瓮城城楼上空,向城内漾开去。索娃娜被鞭声吸引,循声望去,却看到广场的高处,辛实戴正对天长啸,发出一声惊天动地的古城城吼:啊——哦——

  此时,正集中精神于城吼的辛实戴也发现了索娃娜:环城路南门外公交站台下的房车旁,一个高个儿的长腿女子正与利亨僵持着,女子还不时朝辛实戴这边眺望。辛实戴看得好生纳闷,不敢相信自己的眼睛,待揉眼定睛再看,才认出是昨晚的中亚姑娘索娃娜,并断定索娃娜肯定也认出了他,因为她正不好意思地别过头去,似乎不愿看到认识的人。见此情景,辛实戴朝前奔出几步,先下蹲,紧接着站起伸长脖子高喊:别胡逞!房车别胡停!网格化管理保全运,小心!

听到喊声,利亨紧张起来,索娃娜这才上车,听话地离去。很快,索娃娜沉沉睡去。折腾了一夜的利亨,疲惫不堪地将房车开回酒店后,吩咐司机将车里空调开合适温度。他没有打搅索娃娜,而是自个儿回房间倒头就睡。

一转眼到了下午。酒店花园里,利亨的房车仍稳稳停着,下了几小时秋雨,现在雨后初霁,外面空气清新,景色宜人。车内,索娃娜则继续昏睡,她眉头微蹙、神情慵懒,显得很不舒服。这时,利亨洗漱一新走近车,捏一下车钥匙,房车发出悦耳的开门声,他拉开车门,推醒索娃娜。索娃娜揉着眼,起身道:起开,我要入城,去坊上!

是不是先洗洗脸?利亨微笑着,表现出很抱歉的样子。

索娃娜没有反对,两人下车走进宾馆,来到房间。索娃娜慢慢洗漱,悉心化妆,利亨坐在大圈椅内,专注地拔下巴上的胡须,同时定定地看向索娃娜,一刻钟后,表情复杂地出去了。索娃娜精心打扮完,最后郑重地将腰牌戴好,在镜子前面左看右看、前看后看一番,这才走出房间。进到房车时,利亨正在等,吩咐司机:出发!

房车开出环境优雅的酒店,车从曲江文化大厦上三环,绕三环向东行驶,利亨才想起来要取现金。行一段路后,司机朝北出三环下雁翔路,在曲江创意谷斜对面雁翔广场的建设银行门前停下,利亨下车取款。可等了俩钟头,竟不见他回来。隔着马路是旺座曲江,褐色景点标牌显示再往南约莫2公里处是杜邑遗址公园,索娃娜查了一下,其总面积8.7平方公里,图片上的遗址公园极其壮观诱人。暑气流荡,曲江创意谷内却凉爽,喷泉送来阵阵清凉和惊喜,男女老少围着喷泉玩乐;四周一圈四层,各种商铺挤挤挨挨,摩肩接踵的人群已摘去口罩,索娃娜也下意识地摘掉口罩。索娃娜乘坐长电梯直上曲江创意谷四楼楼顶,她与父母打视频电话聊天,展示这里的美妙景观,说要是能带奶奶来,那该多好哇。一家人又都想起奶奶,勾起无限伤感。打完电话,她继续四下里看,见正东面的高晓松图书馆没来得及开放就已关闭;俯瞰创意谷商场,她立即动了购物的心思,想到这老半天里利亨取款竟然没回来,就没好气地下电梯去找。

银行内,空调温度很低,人黑压压一片,异常热闹,七八个营业窗口忙碌工作着。索娃娜巡视良久,只见利亨垂头丧气地坐在椅子上,手里捏着个抽号纸在打盹儿。问之,才知这几天幼儿园及中小学校开学,私立名校的家长们正抢着给孩子交学费,致使银行人满为患,取钱需要等待。又过了两个小时,利亨才取到钱。索娃娜觉得利亨这趟取钱很辛苦,就依着他,任其带着乱逛。

利亨带着她在城外的各大高档商业街区走马观花,从曲江创意谷到万利国际、金地广场,再从金地广场去"长安十二时辰",又从"长安十二时辰"前往小寨赛格商场、高新国际购物中心、西安SKP。索娃娜购物狂的本相毕现,连连出手,狂购不断。利亨的活体取款机功能发挥到极致,他出手阔绰,只是此时早已浑身困倦,机体的每一处都酸痛异常。每到一处,索娃娜球星的过往、惹火的身材和她那呈现的腰牌,都引得人们指指点点、议论不断。在一个服贸城前,有个"男人婆"道:瞧,招租女,外国妞,像吉尔吉斯斯坦那个刚退役的女排主攻手!

索娃娜并不理会,竟掏出镜子、眉笔和唇膏,面带微笑地精心补妆,打扮起来。利亨揉着酸痛的腰,朝司机直挤眼,司机回个鬼脸。

在金鹰国际购物中心、高新国际商务中心,索娃娜双手举头顶做心形比心拍照,发微信、微博,并写下:我是仙(西安)丫头。一个钟头后,她又在西京语言大学门前拍照,发微信、微博,写下"我是仙丫头",并@了准嫂子李依馨。西京语言大学是李依馨在中国的工作单位,她是临时派往吉国主持孔子学院工作的,服务期将满,快要回来了。索娃娜经常想,要是李院长回西安,那哥哥咋办呢?这的确是个不小的问题,哥哥马上奔四啦。

夕阳下,索娃娜在小寨国贸大厦、陕西省体育场、美术馆、图书馆前拍照打卡,乐此不疲。直到晚上8点,来到环城东路朝阳门前,索娃娜还在比心拍照,发微信、微博,并写下:我是仙丫头。她的微信、微博被数以万计的网友不断点赞、留言、转载、炒作,其中不乏各国记者、球星、球迷和其他名人,最终上了热搜,大家羡慕地称她为"仙女""别人家孩子"。著名记者江雪留言说要给她做新闻发布会,索娃娜回复:敢!江雪回复:玩抖音、刷快手,别落伍。索娃娜没明白啥意思。利亨看到后想给她解释,她却嚷:呀——饿死本宫了!走起,去吃老舅家汉堡包——肉夹馍!

于是两人去了东新街中山门里的永兴坊吃肉夹馍,听曲艺,喝茯茶,看人们喝摔碗酒摔碗逗乐。看着看着,两人忍不住就上手了,索娃娜一连喝了八碗酒,也摔了八个黑瓷碗,看着带酒水的黑瓷碗当空画出玄妙的弧线砸向那碎瓷片堆成的小山,摔碎后瓷砟四溅,她想起小时候看到的土梁上翻飞起落的乌鸦。当然,她不会忘记拍照、发视频,两人玩得嗨翻天。返回座位,索娃娜边吃边说:老舅家的汉堡包好好吃嗷!摔碗酒真有创意,棒棒棒!

吃货一枚,光顾吃喝了!

嗯嗯。

高兴了吧?

索娃娜大声答"对",招惹得别的吃客侧目。大伙儿又免不得一番

四、我是仙丫头

品头论足,最终都盯向了索娃娜腰牌上的那两个字,议论更放肆了。有人怪叫:额滴神,招租女!啧啧,颜值高,养眼,靓!

人群哗然。利亨忍不住道:我说,咱是不是可以摘掉腰牌了?

偏不!索娃娜说着愤然离席。利亨提说腰牌,让她猛然惊醒,丧气道:气死……今天犯忌讳了,没叩拜城门城墙就入了城,到了永兴坊。都怪你!

眼看着索娃娜跑出永兴坊,又跑出中山门,顺着环城公园牡丹园而去,利亨不敢怠慢,紧步跟上。莫说索娃娜第一次到西安,就是经常来西安的利亨也对西安城日新月异的变化难以适应。他怕索娃娜跑丢而竭尽全力地跟着,从中山门一直跟到朝阳门。索娃娜见甩不掉男友,觉得自己是在出丑,便停下脚步。司机开车过来,两人乘车来到大雁塔北广场,索娃娜下车。

现在,她继续不理利亨,兀自闯过喷泉广场,利亨跟屁虫似的跟着。突然,一声声雄浑的《新时代进行曲》响起,顷刻间,千万条水柱随着乐曲的旋律从索娃娜的四面八方射出,她陷入音乐喷泉的巨阵之中。好在绝大多数水柱是朝天喷去的,只有少数水雾和跌落下来的水珠喷洒在她的秀发里、脸颊旁、脖颈处、衣裙中、美腿上、脚丫间,她觉得无比刺激和惬意,欢快地享受着这意外的难得的刺激。广场上的人群也疯了,和索娃娜一样,不断冲向喷泉中心,与音乐喷泉共舞同乐。利亨本来很恼火索娃娜莫名其妙地给他甩脸子,而且没完没了,他决心今晚教训她一下,可眼前这突如其来的人间狂欢早感染了他,他不由分说地与索娃娜牵起手来,载歌载舞……

一刹那,时间停滞了、凝固了、消弭了!

一切的烦恼,远去;一切的困倦,消失;一切的争吵,看淡。一切归于宁静怡心!只有眼前这庞大的水阵和密实的乐曲存在,只有这通体的清凉自在存在，只有那巍峨静穆的大雁塔存在。

哦，对了！是大雁塔，是那座来自唐代的大雁塔，是那座来自古印度的四方楼阁式砖塔，忽然间入了索娃娜此时欢愉无比、神奇无比、流光溢彩的眸子。那巍然屹立在红光和月影里的巨大建筑，就在这曾经的亚洲第一大音乐喷泉的南边高台处的高高的红墙里，在大唐慈恩寺里。此时寺门虽已关闭，但它还是磁铁般吸引了索娃娜，使她不由自主地移动美腿，拉着利亨朝南奔去。两人在水柱中拾级而上，一个台阶一个台阶、一个区域一个区域地跨过水阵，朝南向大雁塔塔身而去。

索娃娜和利亨刚跑到大雁塔红红的高墙外，身后的水声便随着戛然而止的音乐倏然终止。索娃娜和利亨都惊得猛一回身，被吓了一跳，等明白过来是怎么回事时，两人都失笑而且大笑。索娃娜笑得直不起腰最终坐在石板地上，利亨则背着腰仰天大笑，边笑边吼：仰天大笑出门去，我辈岂是蓬蒿人？我乃一代诗仙，大唐李白是也！

索娃娜听罢，惊惶站起，拉起利亨就跑，边跑边说：别在塔下丢人，你给李白拾孩（鞋），人家都不要你哩。

拾不了鞋，我拾人牙慧，老夫聊发少年狂！利亨呼哧呼哧喘着粗气，被索娃娜拉着拥挤着缓缓跑过人潮汹涌的大慈恩寺西侧大悦城东，又穿过大雁塔南广场，来到大唐不夜城。一天的酷暑开始降下来，人们难得享受这秋夜的清凉。一对对情侣甜蜜依偎，喁喁私语，徜徉在这驰名世界的网红大街上。

还老夫呢！拾人牙慧你也是胡拾呢！索娃娜不依不饶。

两人不觉已到大唐不夜城群雕前，这里依旧人山人海。小孩在踩踏感应灯的"琴键"、反复靠着"伸缩墙"玩，有人在声嘶力竭地喊叫，希望声控喷泉喷射得更高些。更多的人则围成一大圈，似在围观什么，利亨、索娃娜正要看个究竟，突听一声"啊——哦——"大叫。索娃娜觉

四、我是仙丫头

着耳熟,忙踮起脚尖儿侧目看去,只见人群中间的空地上五六个人在跳街舞、做直播,索娃娜一眼就认出了大叫狂舞着的辛实戴。她禁不住走上去,辛实戴看到她后,反而背过脸兀自跳起来,似乎更带劲儿了。索娃娜讨得没趣,又被郑能亮看到,便不好意思地郁闷离去。

一时间,索娃娜刚才的高兴劲儿全没了,在大约二十四小时内碰见辛实戴三次,她觉得有些晦气,更多的是不可思议。利亨察觉到索娃娜情绪的变化,忙温柔地搂住她,两人相依着回到宾馆。

宾馆房间内,灯光柔和而温馨,时光安谧而富有诗性,好像用手可以抓摸到。卫生间里,索娃娜在洗澡,哗哗的水声灌入利亨的耳膜,弄得他心里痒痒。一会儿,索娃娜出来,突然愤怒地喊:骗子!

我对你是真心的!利亨掏心掏肺道。

骗子!索娃娜愤怒地拿枕头砸向利亨,伤心道,骗子!硬在那儿无所用心地瞎转,也不带我进西门!

利亨这才恍然大悟,闷声道:哦,在这儿等我呢!我说,不是购物了吗?不是已经进城了吗?

购你个头!进你个鬼!索娃娜摔门而出。

利亨气得脸色铁青,他真想给索娃娜几记热切的耳光,压制压制她那随时发作的无厘头邪火。但当看到索娃娜梨花带雨的模样时,他又觉得是自己不好。望着索娃娜似乎连头发丝儿都满含委屈的身影,他搂着索娃娜的细腰乞求,两人的泪水搅和在一起……

可无论如何,索娃娜都不肯回房间。最终,利亨无奈地大喊:服务员,再开间房。

五、阴差阳错间

翌日 10 点。利亨驾车,去西安奥体中心。

天气响晴,汽车在世博大道上穿行,浐灞国家湿地公园湖面、绿地、树林、长安塔一闪而过,鸟岛上一群群白鹭时不时翻飞而起,火红的柿子染得柿子树和整个公园似燃烧起来……索娃娜极目四顾,陶醉了。待进一步游目骋怀时,不料车子却停下,停在一个叫丝路云天的大酒店门外,这是一家全运会指定的接待酒店。其实,这一片都是主赛区,远处有像花瓣样森然矗立的几个场馆,晨昏时闪耀着五彩缤纷的光焰,全运会开幕已进入倒计时。不用讲,今天的安排,是索娃娜满意的,唤起了她曾为运动员的回忆和骄傲,但利亨先将她带到这儿,则是自鸣得意地炫富。利亨笑嘻嘻地下车,索娃娜却没动,冷着脸静静地坐着,强忍着恼怒道:从酒店到酒店,咱有毛病呀!管理这么严,是能进去还是?

我说,才知道自己有病呀!利亨也动了气,却也强忍着。

索娃娜气愤地下车:起开!我是有病,你别跟我这个病人一起呀!

五、阴差阳错间

说着疾速离开。

看着索娃娜气呼呼地远去,利亨反而平静下来,他上车,打开车内音响。利亨听了一会儿音乐,竟趴在方向盘上睡着了。可怜的男人,昨夜一宿没睡好,正好补上一觉。许久许久,手机微信提示音响起。利亨惊醒,翻微信,是索娃娜发的,发的是她在西安奥体中心光影文化公园里双手比心的留影,还有"我是仙丫头"的标配文字。河景桥景和喷泉很美,灞河畔的全运村透出满满的现代感,索娃娜也很美,很开心,青春逼人。利亨看着不知道是高兴还是难受,苦笑一声。这时微信提示音又响起,他用手指点一下,是索娃娜的语音:不可以不点赞,不可以不转发哦!

利亨对手机讲:凭什么?

索娃娜半天未回微信。利亨叹口气,在索娃娜微信下点赞,又转发到自己微信朋友圈,发完对手机讲:在你老舅家地盘,我得罪不起你。你在哪儿?

微信秒回,利亨点一下,索娃娜语音响起:记得你不笨,不知道看微信?友情提示,奥体中心场馆这一片已被管控,我那会儿问过工作人员。

利亨"啊——哦——"一声,启动车子,车子右转进入港兴三路,离开丝路云天和奥体中心,再回头左转沿港兴三路朝西驰去。

驶入港兴三路不到1公里,左转上到灞河一路,利亨将车停在停车区,步行穿过曲拱桥,半天才找到索娃娜。她正在灞河绿洲上唱《送你一个长安》,同时给粉丝直播。与她一起唱的,还有百十多游人和周围城中村大妈,他们载歌载舞,纵情欢愉,抒发着对古老长安的感怀、对当今西安的赞美、对未来大西安的畅想——

丝路寻祖

　　送你一个长安
　　蓝田先祖,半坡炊烟
　　骊山烽火,天高云淡
　　沿一路厚重走向久远
　　送你一个长安
　　咴咴兵马,啸啸长鞭
　　秦扫六合,汉度关山
　　剪一叶风云将曾经还原

　　送你一个长安
　　李白杜甫,司马长卷
　　唐风汉韵,锦绣斑斓
　　采些许诗意观照明天

　　送你一个长安
　　西风残照,皇家陵园
　　盛衰兴亡,辉煌惨淡
　　留一份清醒审视昨天

　　送你一个长安
　　秦岭昂首,泾渭波澜
　　……

　　利亨知道,这是2011年西安世界园艺博览会的主题曲,却唱到了现在的奥体中心公园。好的艺术品有恒久的生命力,他心里想。

五、阴差阳错间

利亨脚下的这个地方在奥体中心东侧、全运村的西边,是全运会室外取景地之一,旁边已搭起主席台一样的座席,被印有蓝绿黄色全运标识的隔离带围起。这里灞河上的水幕喷泉,其规模和艺术性已经远超大雁塔北广场的音乐喷泉。之前曾开放过一段时间,赛事后将长期对公众开放,每天免费接待中外游客。虽为公园,但这段时间处于管制期,于是他们驱车前往世博园公园。

两人都是第一次逛,都兴致勃勃的。公园标志性建筑是长安塔,另有创意馆、自然馆、珍宝馆、萌宠馆等,主题园艺景点大抵包括长安花谷、世界庭院、国内展园、省内展园、港澳台北展园等,园区还设有灞上人家、椰风水岸和欧陆风情三处特色服务区,展示国内外精美艺术品、雕塑以及珍禽、珍稀动物等,让游人充分领略园林、园艺、建筑、艺术之美,彻底放松。

两人坐着游览车到站就下,顺次游览,被山水长安、创意自然、柿子盈枝、红叶欲燃的都市田园美景深深陶醉。利亨早忘记了索娃娜的偏执和任性,知道她用心做过攻略,反而欣赏起她独到的眼光和情趣来,为她高兴,也替自己高兴——自己眼光不错,找了这样一位颜值巨高、心性高邈、名满天下的女子做女朋友,这是他的福气。他记起,那年春夏,索娃娜村里人也回爷的省参加了西安世园会。那时他还不认识索娃娜,是从她哥哥奥托巴耶夫口中得知这些事情的。他了解到,她当时很关注这些,学会了《送你一个长安》,之后还把手机彩铃也设定成了这首歌。这还不说,奇葩的是,这彩铃直到现在也没更换,真可谓十年如一日的痴爱呀。利亨有些奇怪,索娃娜和奥托巴耶夫的中国心,仿佛是娘胎里生出来的,而不是后天习得的。此刻,在山水环绕、树木掩映、花香四溢的浐灞世园会遗址公园的长安塔下,索娃娜再展歌喉,抒发浓浓的寻祖怀乡之情,利亨为所爱之人能遂愿而乐开了花。一曲结束,利亨猛地将索娃娜抱在怀里，索娃娜闭上双眼，两人紧紧拥抱。是呀，还有什么能比得上醉卧故乡以及爱人的怀抱？况且，有这么多老舅家人的见证和祝福哩！

这天，利亨带着索娃娜游遍了世园会，他们观天览云、倚红偎翠，他们戏水浐灞、留影泾渭，他们深情拥抱、款款感怀，真够欣幸，真够自在过瘾的。顶流直播达人索娃娜的粉丝一下子涨了五万，她更满足和开心啦。

夕阳金子般洒满大唐不夜城，利亨、索娃娜驱车双双归来。群雕前游人穿梭，索娃娜和利亨下车，意犹未尽地赶过去比心留影。突然，"啊——哦——"一声大叫破天而来，不用讲，又是北京"皇城哥"辛实戴在长安城里耍神气、做直播。游人惊异地回头看去：赤裸上身的辛实戴甩着长发，一条长牛仔裤配着一双油污不堪的运动鞋，人们看到一个很有艺术范和书生气的青年男子。利亨耸耸肩、摇摇头，嘲讽地翘起骄傲的嘴角，像看一个怪物。索娃娜面无表情地走过去，冷冷地问：先生，您不上班？整天这么着……不打算过踏实日子？

辛实戴背对索娃娜，稍作停顿后继续舞动着，貌似不经意地问：丫头，去过西门啦？

对，这正是姑娘这几天的心魔和命门，她一下子语塞，神情黯淡，她深知自己不是来随便游逛的，而是专门寻根问祖的，可实际上却正好相反。利亨见辛实戴又惹索娃娜不高兴，怒火中烧，上前道：不说这话你能死呀？试图强行阻止辛实戴跳舞，中止他直播。

怪人家什么？都怪我数典忘祖！索娃娜气恨道，风一样地跑开。

利亨怒视着辛实戴，咬牙切齿地骂道：乌鸦嘴！小子你等着，我会让你付出乱讲话的代价！边骂边着急忙慌地转身去追索娃娜。

五、阴差阳错间

西安一连几天阴雨不断,索娃娜的心情亦忽阴忽晴,令利亨捉摸不透,大伤脑筋。其实,利亨有个事情很纠结,是他不明所以甚至不愿面对的问题——他不愿意带索娃娜进城逛坊上,就像他几年来一直不肯带她来中国回西安一样。因为他太爱她,不愿意索娃娜因为故土情重尤其是因购回坊上老宅开秘制腊牛肉店,而最终定居西安或者嫁回中国。再者,索娃娜要购祖宅,他作为富豪、作为男友能不赞助吗?而他现在手头吃紧,公司资金流短缺。所以,他一天天拖着不愿去坊上,拖一天算一天。在这个问题上,他觉得自己其实很不好,但反过来想,他再有钱,难道能强大过西安甚至中国吗?他再有魅力和实力,难道能抵得过100多年数代人的乡愁和数千里的乡思吗?这样想着,他觉得自己刚愎自用也罢,大男子主义也罢,猥琐自私也罢,总而言之,都是对的。于是,一大早醒来,他便拿起宾馆房间电话给索娃娜打去:宝贝……我马上起床,你也迅速……不是进城,不经过西门,是谈判……你知道轻重缓急的……不是威胁,我威胁得着吗?你汉语词汇能用得准确些吗?好,好……半小时后见!

利亨麻利地起床,洗漱完,夹着皮包出门。经过地毯走廊,一股奇异的令人迷醉的香味儿扑鼻而来,令他发蒙,一抬头,就见伊莲站在她房门外。见他走近,伊莲诡异地向他挤眼、招手,利亨冷冷地盯一下她,将目光朝电梯口抛去。突然,他的身子被拽着离开了原来的方向,看时已经进到一个房间。伊莲站在他面前,两人簇拥在玄关里。明白原因后,利亨忙道:美女,对不起!我要出门,早上的安排很重要,要去接洽中欧班列"长安号"合作的事情!

利总,我们准备回国了。伊莲关上房门并反锁,眼睛幽幽地燃起火焰,直往利亨身上贴。利亨看出不妙,忙拉开门,皱起眉头道:不是要一礼拜后吗?——什么味道?能熏死一头骆驼嘞!

你老和索娃娜一起也没意思！伊莲公主幽怨多。

利亨无语地转身回房，打开皮包，拿出一沓人民币递给伊莲。

刚才，索娃娜就在利亨房门外。她装束一新，像一头长颈鹿嚓嚓嚓步过走廊，白上衣衬着黑褐色短裙，烘托得她110厘米的美腿更加纤长性感；再看眉宇间，淡妆后分外明艳，肩上的秀发随着疾速走动一甩一甩的，透露出只有年轻健美女性才有的自信和活泼劲儿。她疾步走到利亨房门前，伸手去摁门铃，恰在手摁上门铃按钮的瞬间，手机提示音响起。她看了眼手机，是与她联系半年的一位作家——他曾写过《丝路情缘》，目前在写一部体育题材小说，主人公是位排球少女，所以他一直想接触她，了解这方面的事情——的语音留言：亲爱的乡党，过分矜持就是自恋，是揍（作）得鬼——你懂的。你是有啥不便还是……

索娃娜听到语音前半截，就鬼使神差地朝走廊另一端跑去，生怕别人听到。可"毒舌"留言仍然继续播放着：……别想多，无他，我只是想让自己的小说接地气，以更真实地反映女排姑娘的生活。你三番五次拒绝我，我只能将这部分细节削减掉，对小说影响很大。但是，我会将她写成纯粹的普通人——这只消做技术处理，不带难度，的确很遗憾，对于你的偏执和无知，我深表遗憾，万分遗憾！知道你来到西安，但你不是为理解融通而来，不是为美丽的乡愁和遥远的思念而来，你是为虚荣心和浅薄而来。我不想对你说太多，就此打住！

索娃娜像往日大比分零比三输球时一样羞愧难当，蔫在楼道里。这时回房间的利亨经过，关切地问：亲爱的，怎么啦？哪不舒服？

索娃娜惶然站起，小跑着回到自己房间。

六、走心的邂逅

人与人之间的关系是多么微妙复杂和脆弱呀,时常充满尔虞我诈,有时又不免误判、戏谑和悲悯,几乎与人性黑洞同构。一个小时后,经过痛苦挣扎的利亨已经与索娃娜在车里见面,两人都若无其事地用闪烁的目光注视着对方,谁也没有纠缠早上的尴尬相遇。

整个上午,他们与政府招商部门协商中欧班列"长安号"合作事宜。午饭后,又马不停蹄驱车来到南门外长安国际大厦,匆匆下车,钻入大厦电梯。刚进来站稳,耳边的议论声就灌入耳来,先是个男腔:瞧,"招租女"!

接着一个女腔:漂亮小姐姐。

男又轻薄道:还不如写"征男友"哩!

女撑:先生,拜托你尊重外宾,也注重自己形象!

……

利亨听得刺耳,忍不住对索娃娜道:我说,摘掉腰牌吧,别惹人见笑啦！寻祖寻根,重在内心,而不在牌牌。

索娃娜没好气地追问:哟,你不说我还忘了,都快三十天啦,还没带我进城寻祖。西门、钟楼、坊上、16号院,我等不及啦!

下次吧！咱这不忙着去市上,忙着谈"长安号"班列嘛,噢噢噢,我说,还是有成果的呀。现在,这不,又急着赶着去谈舞剧项目嘛,都是一等一的大事儿。瞧,到了!

出电梯,到九楼新丝路传媒公司,服务人员引导着他俩进大会议室。圆桌边,坐了西装革履的参会者,利亨、索娃娜被领到C位的桌牌前坐定。他们俩并不与别人打招呼致意,而是正儿八经掏出电脑打开,头凑在一起看资料。这时,郑能亮、辛实戴戴着口罩走入,边坐在对面的空位子上,边朝利亨、索娃娜点头打招呼。

郑能亮:利总好!

辛实戴:索总好!

索娃娜吃惊地欠起身道:这么巧！郑总、辛实戴,怎么是你们?

辛实戴热情地笑道:哈哈,人生无处不相逢,咱们倍儿有缘分。您快请落座!

会议主席清清嗓子,热情地说道:尊贵的吉尔吉斯斯坦欧亚集团利总、索总,各位朋友,大家好！欢迎大家来到西安,来到我们新丝路传媒公司！现在,咱们召开《丝路情缘》舞剧海外移植沟通会！首先,请允许我介绍出席会议的贵我双方嘉宾,这位是我们新丝路传媒……

利亨抬头,视若无物地扫一下郑能亮、辛实戴,打断道:嗨,时间宝贵,请直入主题吧!

会议主席虽略觉唐突,却也不以为意,就进入下一环节:项目汇报。中方项目经理辛实戴对项目做了一大通宣讲后,利亨开始发言,他做着手势不时站起,以加强自己的表述。随后,公司负责人郑能亮针对外方

六、走心的趣趣

提出的问题,借助PPT边演示边做补充报告,最后他说:《丝路情缘》项目的详情,我已经讲了,哎哟哈哈,讲了有二十分钟多一点。项目问世8年来,我们力求推陈出新,每年都进行改版,累计收入58亿元人民币,社会效益更是没的说,相信大家都有所了解。特别值得一提的是,演而优则成标准,国家演艺标准啊,有两项就以咱们这个项目为标准。啊,就这些,还要请利总、索总指正哩!

利亨推一下只有开会时才戴的黑边眼镜,环顾四座问:好,还有要说的吗?

辛实戴清一下嗓子,补充道:朋友们,三秦山水旧水墨,回民坊上、秦岭风光、广货街、西岳华山、黄河壶口瀑布、三国故地、药王山、丝路情缘等,这些老一代人黑白相片里的乡愁、记忆,不能断代失传。华人的记忆也不能断。鉴于此,我们打造舞剧《丝路情缘》,并将其发扬光大,推出国门,走向世界……我们都是有梦者,我们都是筑梦者,我们争做追梦人!

天涯知音,辛实戴富有文艺范儿的话,尤其是他说的"乡愁"二字,与奶奶当初的心思何其相似!索娃娜激动地站起,第一个鼓掌。

辛实戴道:谢谢索总!您请坐!

大家也鼓掌。辛实戴起身鞠躬,激动道:感谢大家对项目的认可!

索娃娜热切道:您跟我奶奶说得差不离!请问,舞剧里的这些个景儿,现在能看到吗?

能,咋不能?必须能!辛实戴干脆道。

索娃娜:嗯嗯,利亨,我想去看看实景,特别是回民坊上,那里有我的祖产,我要买回我家16号院,我要在那里转悠、做生意——开秘制腊牛肉网红店。

利亨:我说,以后吧,等忙过这阵子。瞧,满空气里都是钱,我得抓

049

紧赚到手哇。

大家听了利亨的话都不知说什么好。郑能亮微微一笑,道:青鸟殷勤为探看。索总,我们小辛愿当免费导游。

索娃娜动情地道谢。郑能亮指望大款投钱给《丝路情缘》,哪敢怠慢?忙殷勤起身邀请大家去吃西安名吃葫芦头,利亨执拗而生硬地谢绝道:我说,今天,不错的开头,希望接下来深入磋商。再见!

郑能亮只得微微一笑说:二位老总,希望很快见到你们!

利亨自负道:对不起,本总这两天安排有点满。

郑能亮不愿细说,微笑着送到公司前台即止步。辛实戴道:慢点儿走,我送送二位!

几人相跟着出办公区到电梯口。早有工作人员摁住电梯候在电梯口,索娃娜、利亨、辛实戴依次入电梯,梯门关闭,下行而去。封闭空间,辛实戴觉得不说话有点尴尬,就没话找话地问:请问索总进过西门啦?

索娃娜陡然色变,羞赧道:嘁,都怪我数典忘祖!

利亨恼道:我说,小伙你真多嘴!

电梯到一楼,大伙出电梯,索娃娜气恼道:某人心里有鬼!说着跑开。

利亨对辛实戴怒吼:小子你……又扭头喊道,丫头,等等我!

又一个秋日傍晚,夕阳照得大唐不夜城无比绮丽,群雕四周游人穿梭如织,似童话世界的人物般游走。利亨、索娃娜手挽手走过,美女配帅哥,光鲜又亮丽,他们边聊边朝前走,秋风拂面,分外惬意,两人尽兴享受着这难得的长安好时光,恍如梦回大唐。

我说牛气吧,大唐不夜城!利亨边走边说,你看这,吃的、玩的、逛的、看的,样样不缺,还萃取、固化了古今中外的精华。

六、走心的邂逅

呀,你总结得挺好,瞧你这中文水平!索娃娜忘情道,是的,网红街好舒服,纯粹到让人忘了世间所有烦恼。

这大唐圣地,又有来自唐代的大雁塔加持,所以很神哦。

利亨,真想住这儿一辈子!

利亨心下一惊,真是哪壶不开提哪壶,忙岔开话题:呃呃,我说,该吃晚饭啦。

不饿。寻祖为大,我得虔诚一点。咱明天入城,把我曾奶奶的奶奶的宅子买回来!索娃娜道。

明天谈5G,我说,你也一起去吧!

索娃娜勉强道:好吧!对了,我得联系我那西安的网友。

不是一直在联系吗?

是呀。不过那人磨叽得很,一直约不到。

我说,网友……网友而已,别太上心啊。利亨咳嗽一声,阴阳怪气道。

知道啦!那我们后天叩西门进城,不许变哦!

利亨拍一下髋骨,道:不巧!后天更忙,去卖粮库,去抢钱,哈哈哈。

索娃娜不满道:哼哼,不带我寻祖,还占用我时间。

突然,郑能亮蹿出人群,径直走来对索娃娜说:不好意思,索娃娜小姐姐,请您赏光跳个舞可以吗?

抱歉郑总,我们要去吃饭!索娃娜迅速推辞走开了。

当着这么多各国游人,郑能亮觉得把人丢到国际上去了——伤不起,恨不得地面上有个洞,立马钻进去。

我说,给这乡巴……乡党见识一番呗!利亨见小女友当众"羞辱"了自己不喜欢的人,反而来了劲儿,假装仁义地跑过去拉住索娃娜祈求告饶,拜托丫头,别咨菌!

索娃娜一语未发，长颈鹿样阔步走到辛实戴正在跳的场子中央。辛实戴见状，忙让到一边，虚心当观众，调试直播设备。被拒的郑能亮正懊丧时，却见分分钟间频道和画风已然转换，便来了劲儿，右手兰花指，打着响指高喊："Music！"立即，歌曲《因为信仰》响彻全场。随着音乐，郑能亮与索娃娜双双起舞，跳得劲头十足。

一曲结束，全场嗨翻。这时利亨手机响起，他边接电话边疾步走开。

索娃娜的热舞像一束蓝色闪电，来得突然，也来得实在，来得热烈走心，观众们都很买账，发出海啸般的欢呼。但辛实戴也很不服气，于是去邀索娃娜跳舞，索娃娜很有范儿地跳起来。这一回更不得了，伴随着深情的《酒醉的蝴蝶》，两个高等级舞者一"舞"惊人，他们时而深情款款，时而热烈劲爆，时而缥缈如羽，时而无限憧憬，将人们对情感的向往、热烈、困惑和无助表现得淋漓尽致。郑能亮带头喊"彩彩彩——飒飒飒——"，全场喝彩声随着舞者的动作此起彼伏。

一曲作罢，索娃娜做谢幕动作：谢谢！却不料，腰牌掉到地上。

辛实戴朝全场致谢后，又特意颔首对索娃娜致意：谢谢您！顺手捡起腰牌，举在手里说，小姐姐，建议您别戴这个了。

索娃娜大为疑惑，蹙眉道：为什么呀辛先生？

是它——这腰牌儿，出卖了您，给妹子您带来个不雅的绰号儿——"招租女"。

我喜欢戴，因为我就是寻根寻祖问宗来的。索娃娜并没有领会到辛实戴的真正意图。

我知道。您听好了——关键是，腰牌上的字儿写错了。

这你上次说过。那快讲，错在哪儿？舅舅帮我改！索娃娜谦恭地直视着辛实戴，谦逊的神情与高大身躯形成强烈反差。

六、走心的▨▨

辛实戴不禁笑场:哈哈,咱这班辈乱成马咧!还是叫我"皇城哥"吧。是这,哥给您改。

谢谢!小哥哥本事大。索娃娜又有点羞涩,美得不行不行的。

您听好了,是咱祖先仓颉本事大。他造了个"祖宗"的"祖"字儿,你却把它错写成禾木旁儿,现在我将它改为"祖国"的"祖",恢复原样儿,改正确。辛实戴说着掏出一支早就准备好的绿色水彩笔,将"租"改为"祖"。

索娃娜恍然醒悟道:呀,懂了!谢谢!拊掌笑着,为辛实戴的好意和细心而感动。

记住,数典不忘祖。您虽在中亚,也该多学咱汉字嘛。辛实戴道。

我生在碎叶城,与李白出生在同一个地方。索娃娜无比自豪道。

游人中有个男声喊道:知道!碎叶城也叫托克马克,是唐代的西域重镇啊!

是了是了!您听,咱同祖同源。辛实戴道,今儿个我请您和您男友吃老舅家一碗面,如何?

请我就可以,他事儿爸。索娃娜一口应承下来。

暮色中,两个人在众人羡慕的目光中,朝不远处的一家▨▨面馆走去。身后,郑能亮故意夸张搞笑地道:哎,帅哥美女,不带这样啊,重色轻友!

好像是郑能亮话的注脚,辛实戴和索娃娜只顾说话,竟丝毫没有听到老板的吐槽。

乡党妹子,回咱陕西西安,您去过坊上没有?辛实戴勾头关心地问,眉宇间露出聪颖沉静的光,又千叮咛万嘱咐,您听好了——可得叩拜西门而入呀!这是规程,是礼仪。

我是不肖子孙!索娃娜几乎不敢与辛实戴对视,虽然她惊喜地发现他的眼睛很美,尤其是白镜片后面的双眼皮宽得能跑马,太性感啦,她无限羞愧地道,正好,你陪我一起吧!

好哇!辛实戴满口答应,却有点怵利亨,心想最近要与人家合作,不敢得罪,于是补充道,可最近不行,先请您吃面。瞧,那就是!他扬手指去。

索娃娜请求的眼神又有新发现,发现了他的那对深酒窝,衬托得他那么帅、那么俊朗飘逸,那俩酒窝好像可以盛下半瓶美酒,又好像那半瓶美酒已经下了她肚肠,早让她陶醉了。醉了,却见眼前的帅小伙正指着什么跟她说话,她便醉眼蒙眬地顺着辛实戴手指的方向望去,看到一家正宗的biáng biáng 面馆门脸,红色木门头红色底板上是镂空的白色剪纸体字"biáng biáng 面"。门上面,斜刺里还竖起个黄幡黑字的招牌,随风招展着。索娃娜扫视一下,大喊:呀,黄幡黑字随风飘展。目测这就是传说中的面馆?

正是。辛实戴点头。

哇哦,小哥哥,这个字我知道!索娃娜的玉指遥指着biáng面馆的招牌幡子,惊喜地叫喊着。

厉害了妹子,您这汉字功底了得!辛实戴不觉意外,不禁赞道。

小时候,我奶奶教过我这个字。索娃娜自豪道,想起奶奶开始伤心流泪,背过脸去。

辛实戴将她的异常看在眼里,却不便说什么。

一会儿,索娃娜又说:还有,我准嫂子、我的老师——李院长说,这字是汉字里笔画又多又难写的。读……读什么来着?"皇城哥",你快告诉我!她竟有些抓狂。

B-i-ang……biáng,biáng面的……biáng。辛实戴拼着字。

索娃娜早迫不及待地接上了,认真地朗声背道:一点朝天,黄河两

六、走心的𰻝𰻝

头弯,八字大张嘴,言字中间走,左一扭右一扭,你一长我一长,中间夹个马大王,心字底,月字旁,一个小钩挂麻糖,坐个车子回咸阳。B-i-ang,大长安的𰻝𰻝面。

辛实戴一惊,随即拊掌大笑,豪迈道:今儿个,咱就吃这——𰻝𰻝那个面!

两人无比畅快地笑着,跑步上前。

当晚,大雁塔南广场玄奘塑像下游人如梭,人们自由自在地拍照、玩赏、休憩、聊天。大雕像东侧的水池花园里,月影闪烁,泉水叮咚,脚下彩灯发出美妙的光晕,将怒放的秋菊照得更加冷艳。索娃娜早回到利亨身边,两人正沿着水池边绿地中间的塑胶小径散步,边走边聊。索娃娜感叹道:天凉了,远离了蚊子侵扰,也挺好。

利亨正在盘算"长安号"班列合作的事,没吱声。索娃娜揪住他的耳朵,撒娇道:听见没?寻祖为大,我得虔诚对待,记住,后天咱就进城门,去我奶奶的奶奶的奶奶的宅子里看看!要是顺利的话,我这今后就长住坊上了。

利亨一推六二五,道:亲爱的,我说,接下来的几天更忙,咱得去秦岭卖大粮库啊,本总现在差钱。

索娃娜失望至极:喊!你不让我寻祖,还占用我时间,那你……

利亨好像没有听到她的话一样,咬牙道:说好了,明天你要是不去谈判,就自己和导游玩,他带你三叩西门而入。

那我还不如去谈判,还是跟那个乡党谈?索娃娜随口道,不自觉地抬眼朝𰻝𰻝面馆方向瞅,想起一小时前与辛实戴吃面的情景——

华灯初上,凉风拂面,𰻝𰻝面馆内坐满吃客,索娃娜与辛实戴在东南墙角的一张大木桌子上调面,辛实戴叮嘱说:这蒜,这辣子,你搅在一起吃!

嗯嗯。索娃娜答应着,食欲大增,已开始吃起面来。

咋样?——这面味儿咋样?辛实戴偏头亲热地问。

是我奶奶的味道。索娃娜大快朵颐,嫽扎咧!

味道肯定得劲儿!辛实戴说着笑起来,但是大蒜臭,晚上你男友该不满意咯!

尿管!索娃娜脱口而出。两人纵情大笑……

现在,想着那一幕,索娃娜禁不住又笑出声来,笑声在夜晚的花园被放大,清脆爽朗,直冲云霄。利亨望着索娃娜忘情的样子,疑惑不解:我说,要进西门了,这么开心吗?

索娃娜惊惶一下,收敛笑容道:哪有?明天、后天陪你谈生意去!心想估计又能见到那个帅帅的男子了。

真的?你真愿意?利亨大喜过望地朝索娃娜凑近,我说,不进西门啦?

索娃娜又大笑起来:怂管!她用手挡住利亨的嘴,拒绝接吻。

利亨一惊:What(什么)?

但是大蒜臭,你该不满意咧!索娃娜戏仿着两小时前辛实戴的话,又纵声笑起来。笑声连同她那青春之气在绿地上空的月亮地里荡漾。

利亨丈二和尚摸不着头脑,却不料脚下踩空,掉进了水池。

七、快意终南山

早上9点差一刻,像所有上班族一样,利亨、索娃娜准时出现在"西安第一眼"——长安国际中心的水晶建筑群前。上次到这里谈判,那是来去匆匆如梦如幻,今天9点半会议,尚有充裕时间游目骋怀,观览大长安的风光。

长安国际广场地处南门盘道的南门广场南侧,位于多条主干道和地铁的交会处,与南门城墙、西安SKP和珠江国际遥相呼应。利亨说这是目前西安核心CBD,拥有国际甲级写字楼,已有十几家世界五百强入驻,经营一百四十几个国际品牌的专卖店也在这里开业,3000平方米的游泳健身会所更是美得不行。站立在距地面数米高的上升式广场顶端,索娃娜放眼望去,"千年古都,常来长安""全民全运,同心同行"等第十四届全运会标语四处可见。据说刚从东京参加完2020年奥运会的运动员已悉数来到西安,正在隔离和训练。再细看,只见整个广场由几大高档写字楼和公寓构成主体建筑群落,气势宏伟,远远望去有如城市项链上晶莹剔透的水晶吊坠，亦幻亦真，尽显现代国际都市风采。四面各20米宽的大台阶和东侧全天候自动扶梯不间断开放，近可观涌泉、瀑布、绿植、车流，中可览SKP玻璃大厦、珠江国际大厦、永宁门地铁站台、南门外广场，远可望南门广场、瓮城城楼及城内一角。此时，正有一群白鸽划过天际，从南门国际中心侧翼绕飞到珠江国际大厦，又绕到瓮城城楼，之后倏忽一下飞散了。听着南门广场外的鞭声，看着众多养眼的建筑、簇新的交通标线和各色各样的行人，索娃娜觉得仿佛置身于繁华都市中的巴比伦空中花园，却斜睨一下利亨，问：给你的这身衣服设计得如何？利亨的这套西装是索娃娜找人特意设计的，里面加入了她的不少创意。

怂管！利亨不假思索地冒出索娃娜昨晚的话。

噗，用词不当！索娃娜大笑，"怂管"的意思是别管他，由他去吧。

利亨也大笑：那你为啥说这词时那么开心？

这个……因为这个有意思！索娃娜不觉脸红。

你这服装设计也有意思，我喜欢！

说话间，他们已走到新丝路传媒公司会议室门口。郑能亮、辛实戴早等在那里，辛实戴友好地打量利亨一番，热情道：哎哟利总！瞧您穿得这么局气，尖孙一枚呀！

利亨没听懂，疑惑地瞅着索娃娜问：什么？

索娃娜也不懂北京话"局气""尖孙"的意思，忙笑着问郑能亮："局气""尖孙"不是陕西话吧？啥意思？

郑能亮解释："尖孙"就是帅哥的意思，"局气"是豪爽、大方的意思，这是北京方言，我们小辛是北京人，但来西安被同化了，陕西话说得比我还溜。他夸你们利总高大威猛、着装得体、气度夺人呢。

利亨一听，向郑能亮伸出手去：您也很有范儿。他边与郑能亮握手边问,敢问您尊姓大名?

郑能亮。

利亨、索娃娜竖起大拇指,齐声惊呼:妙,妙!郑能亮——正能量!

利亨又说:郑总的名字好正式哟!

郑能亮:爸妈取的名字,不敢妄议。我们小辛的名字也有意思。

几人笑着落座,索娃娜与辛实戴对视、点头,想他是来自中国首都的娃呀,难怪有种说不出的气度哩。

上午会议继续讨论《丝路情缘》,就项目的可行性及合作方式、权利义务、出资比例、付款方式、风险防范等展开磋商。由于在项目的国际化元素以及收益分配比例等问题上难以取得一致性意见,利亨拿着纸质资料愤怒站起,将资料在空中挥舞着,他难以理解作为绝对出资方的他为何左右不了合作细则。精通俄文的辛实戴继续充当调解员,他接过资料,凑近利亨指点解释着什么,利亨这才再次落座,辛实戴也坐下。见利亨并未彻底息怒,索娃娜对利亨比画着什么,利亨意识到衣服走形了,便蹙眉整整衣领,又站起展展裤边,眉头渐渐舒展开来。索娃娜又在自己脸上比画着,利亨坐下开始微笑。大家站起握手、告别。

休会两天后,双方决定周末去秦岭朱雀国家森林公园进行山林式会谈,以便在幽静的大山里开拓思路,求同存异。如前所述,利亨还要在这里参加另外一场谈判,谈他的粮库售卖事宜。

秦岭横亘于中国中部,东西绵延约 1500 千米,南北宽 100 至 150 千米,海拔多在 1500 至 2500 米之间,最高峰约 4811 米。秦岭为黄河水系与长江水系的重要分水岭,亦为划分南北方的分界线。其南侧是狭窄的汉水谷地,北侧是肥沃的关中平原。其中,西安以南的秦岭叫南山或终南山。10 点钟,大伙驱车远离秋燥难熬的市区,即进入朱雀国家森林公园峪口。到了山脚售票处,司机停车买了门票,又钻进车子,两辆车相跟着朝山顶蜿蜒攀升。利亨的豪车早换由郑能亮驾驶,一则为了安全,二则体现接待之周到体贴、规格高。利亨则陪着索娃娜看风景,但见山间清泉翠竹、苍松荫翳,石山壁立千仞、瀑流湍急,路边山花烂漫、鸟雀成群,花红叶绿,时有云雾缭绕。随高度增加,温度渐渐下降,冷风灌入车窗,带来阵阵清凉,索娃娜忙关上车窗,继续眼馋地观山览景。山里的许多树木、花草、鸟雀甚至苔藓蝴蝶的品类、颜色都是利亨和索娃娜见所未见、闻所未闻的。果然,两个人在车内争论起一种植物的名称来。

郑能亮哈哈一笑道:我开车没注意看你俩说的那东西,但跟您说,山里的许多生物,专业教授都说不清。秦岭是天然植物园和动物园,据说有动物300余种、植物1550余种,许多还是珍稀品种,如朱鹮、大熊猫、羚牛、金丝猴,就被称为"秦岭四宝"。咱西安马上举办的十四运的四大吉祥物"朱朱""熊熊""羚羚""金金",就根据"秦岭四宝"设计出来的。

索娃娜啧啧称赞,秦岭是座宝山啊!

那是,秦岭是中华父亲山。郑能亮道,刚说的还只是发现了的,那未发现的还不算。

现在要去的这叫啥山?来,我当一回度娘,搜一下。索娃娜问。

朱雀,姓朱的朱,麻雀的雀。郑能亮一字一字解释着,朱雀是中国古代神话中上天的四灵之一,与青龙、白虎、玄武共称为四象。大体而言,朱雀就是个图腾,也可以说它是凤凰的前身。哎您还别说,根据航拍的鸟瞰图看,整个朱雀景区的确像只神奇大鸟。

索娃娜、利亨双双大呼幸运。利亨趴在玻璃上游目骋怀,索娃娜则划拉手机屏查找信息,很快查到,跳着读:朱雀公园位于西安市什么区……

郑能亮忙说:鄠邑区,这字难认。

索娃娜:是的,我的中文还是不到家,嘻嘻……西安市鄠邑区涝峪内,地处秦岭之巅、万顷森林腹地,总面积2621公顷,为AAAA级景区,集自然山水、地质科普、森林风光、休闲娱乐为一体。山体高大、落差明显,适宜生物多样性,是丰富多彩的天然森林景观。公园群山环抱、溪水环绕、山峰奇秀,由五大景区105个景点组成。其中,秦岭第二高峰冰晶顶尤为壮观。这里有美丽的传说:涝峪河谷是唐开国大将军殷开山的家乡,樊梨花曾安营扎寨这里,还有……不懂,不念了!索娃娜说,沉吟一会儿,又惊喜道,听说这山腰有一个湖。郑总,强烈建议先去看这湖!

郑能亮哈哈一笑:说湖湖就到,下车吧,利总、索总!

利亨和索娃娜以为他开玩笑,却见郑能亮已将车停在停车场。隔窗看,庞大的翡翠大山中点缀着点点亮黄色的石山,在石山和巨大的石块中间,开辟出三四个石头停车场,上面一溜摆停满车。停车场的边沿藤蔓葳蕤,恣肆生长,藤蔓的嫩尖儿像蛇芯子般蜿蜒摇曳着,猛然间能吓煞人,细瞧却很养眼。正看时,发现辛实戴已从另一辆车钻出,热情地招呼着他们下车,神气活现道:您听好了——此处密林巨树之中,一湖藏于山间,唤作……

停停停!索娃娜忙制止道,唤作静什么湖?

静心湖。辛实戴道。

什么心湖?

静心湖。辛实戴耐心道。

静心什么?索娃娜继续卖萌道。

大姐,您消遣我呢!辛实戴忍不住吐槽。

噗,娱乐娱乐呗,要有娱乐精神嘛!

大伙儿都笑了。索娃娜强忍着笑,洪亮着嗓子道:话说静心湖边,奇石兀立,恰是一座石头博物馆!

辛实戴一惊,心想,这小女子,别憋炸了,你比"皇城哥"还"皇城哥",却道:您请——精彩请继续!

没了!索娃娜哈哈笑道,贫贫嘴,博辛总一乐。再要说,还得找百度。

利亨来了兴致,乐道:我说,眼睛就是百度,待本总细细看过!

郑能亮和辛实戴见利亨难得今日这般开怀,彼此对一下眼神,更加殷勤起来。一行人穿过几个由巨大石体相靠而拱成的甬道,来到一面碧波荡漾的湖畔。群山环峙,湖畔花红柳绿、芦苇丛生,湖面水清如镜、纤尘不染,蜻蜓、野蜂、蝴蝶、云雀在浅水处嬉戏翻飞;四面仰望高空,但见白云、蓝天、石山互为映衬,组成个翻滚奔腾、天高石坚、水汽迷蒙的奇异世界。游人穿梭于叫卖的商贩和经营茶社、农家乐及卖松子、山核桃、猕猴桃、板栗等山货的山民之间,恍如穿越时光隧道,来到有手机的秦朝。

索娃娜和利亨惊异于眼前这山崩堆积物规模之大、面积之广,有的单体竟厚达500多米,整个山崩遗迹有三四平方公里。利亨道:这石头……怎一个"大"字了得!

没法说,纯粹没词儿!索娃娜也叹为观止。

嗯哪!您听好咯,整个朱雀这只凤凰,都是由石头堆砌而成啊,只不过石山表面长着苍松翠柏和各种植物——当然,这是凤凰的羽翼。辛实戴道,呀,说得我好热啊!

是有点热,我要下水!索娃娜拨开长腿奔向湖边,似要脱衣跳入。

用不着!郑能亮诡异地笑着,来石山这边拍照发抖音吧!

偏不,郑总,我还不会玩抖音哩。索娃娜继续朝湖边走去,拍照跟热有啥关系？难道拍照能降温？哈哈,不可能!

试试呗,心爽天自凉嘛!郑能亮坚持着,不骗你!边说边给辛实戴挤眼示意。

利亨有些疑惑,辛实戴心领神会老板的意思,上前劝索娃娜:索总,我们郑总有魔法,有异术,会变魔术。

几人将信将疑,站在一块长、宽、高均超过30米的巨石前,司机帮着拍照。索娃娜看到,这些山崩石块沿沟谷堆积,形成大面积的砾石斜坡,一坡巨石前挤后拥、似倒不倒,像在朝他们做鬼脸。索娃娜体育明星的兴致被激发,像发电机一样精力充沛,轻盈地跳上高处观瞻。但见砾石奇形怪状,或立或卧,或直或斜,千姿百态,嶙峋峥嵘,甚为壮观,她兴奋地大喊:好美,好凉快,好清爽!得意之间,伸腿扭腰抡胳膊,仿佛回到童年。

利亨看得直了眼,大伙儿被她蛊惑,全都登上磐石顶,跳跃、张望、歌唱、狂吼乱叫。欢呼声回荡山间,又被折回灌进耳朵,逗得大伙儿又是一阵激动。利亨不由得开心,大喊:我爱你——索娃娜!

瞬间,玄妙的山鸣谷应声传回:我……我……爱……你——索娃……娜……

大家鼓掌、欢呼。索娃娜绯红了脸,娇嗔:谁要你爱?我爱山,有山爱我就行!

郑能亮让司机喊,司机开不了口。郑能亮喊:我爱你——索乡党……

声音打了折扣,回音折回来:爱……爱、爱你——酥……窝儿……蛋……

大家又笑疯,所有游人都很嗨,乐得几乎喘不过气来。

郑能亮要辛实戴喊,辛实戴不喊,利亨也教唆他喊,他说:爱不是喊出来的。

司机道:爱就是两个人要靠近,心近身体更要近。

对,就像你和你老婆!郑能亮打趣道。

大家笑起来。不料,索娃娜却喊冷。利亨问怎么了,她说冷就是冷,心爽天自冷。郑能亮诡异地笑,去瞅辛实戴,辛实戴正在做鬼脸,郑能亮这一瞅,让他的鬼脸做半截夭折了。郑能亮略略嗔道:哟,羞脸这大的!

啊!索娃娜闻言,吃惊道,你们也这么说?

还有谁这么说?辛实戴问,我也是来陕西后才听说这个词儿。

我们陕西村人就说老舅家的西北话尤其陕甘话。我奶奶,我老爸老妈……索娃娜郑重回答,他们整天说我羞脸大,小时候人给我说女婿的时候。

不得了!了不得!你小时候就找女婿呀?利亨和辛实戴异口同声,纠结着来了个二重问。

噗,别紧张!小时候闹着玩儿的,小孩子玩过家家嘛,有什么大惊小怪?索娃娜说着奔得老远,忽然大叫,哇……

众人被她的叫声吸引,朝那边望去,奇景直映入眼帘:一处残壁断崖前,两座险峻的山峰矗立眼前,是醉仙峰与静心峰。醉仙峰周围耸立着一座座造山运动后留下的残峰,尖角突出,直指苍穹,孤立苍莽。细看,它四壁如削,高耸不凡。再看静心峰,比前者更高,整个是一座南北走向长500多米、宽200米到1000米不等、高400多米的巨大崩积体,让人望峰息心,在场的人连叹"巧夺天工"。

美景看不完,肚子闹革命!辛实戴幽默道。

索娃娜直夸辛实戴是北京暖男。辛实戴幽默道:谢谢飒蜜!解释一下,我们北京人把美女叫蜜或飒蜜或大妞儿。哈哈,你只要不说我是

七、快意终南山

北京老炮儿就好。

索娃娜说必须的,还说北京话好有意思。

大家纷纷说起北京话的各种趣闻,说着说着就纷纷喊起饿来,便一起去农家乐消受,吃的是土鸡烧的葫芦鸡。葫芦鸡源于唐代,号称"长安第一味"。索娃娜和利亨边吃边连发微信、微博,索娃娜说她要注册个抖音,利亨反对,说索娃娜,饭还堵不住你嘴。两人边斗嘴边吃,吃得头上沁出细汗珠,利亨将空调开大点,索娃娜这才若有所思地问:怪了,为什么山上这么凉快?

呀哈,还以为你忘了,郑能亮故弄玄虚,表情丰富地四顾寻望着问,为什么?这是为什么呢?

这一问,索娃娜较真起来,思忖一下,很快说道:地热,不,地冷!

哈哈,灵人快马天生的。辛实戴赞道,这也是我来西北学到的一句话。

大家都夸索娃娜聪明美丽,说老天为何这般不公,将所有优点集中到一人身上。利亨没有听懂辛实戴刚才话的意思,不解地四顾着,一会儿竟问:这么好的地方,这么好的名字,又在当时的国都跟前,我说,难道就没有什么诗文描写朱雀吗?

怎么没有?索娃娜抢着说,我都知道,刘禹锡的《乌衣巷》云:朱雀桥边野草花,乌衣巷口夕阳斜。旧时王谢堂前燕,飞入寻常百姓家。这是小时候奶奶教我的,不知道这里的朱雀是不是咱们所在的这森林公园。

辛实戴看看郑能亮,见其毫无表情、没有置评的意思,他也就没作声。

真是不错。利亨道,我说,秦岭有如诗美景,郑总有十足诚意,相信我们的谈判肯定能成!

郑能亮:必须成。粮食安全是全人类话题,我们之所以看好您中亚的大粮库并不惜重金,首先是我们有刚需,更重要者,我们是想构建丝路跨国合作、互利共赢新模式……

利亨吃了一惊,忍不住打断问:怎么,我说,收购粮库……也与您有关?

对!我是丝路实业股份的实控人。郑能亮说着,很绅士地给利亨和索娃娜递上名片。

利亨愣一下,索娃娜道:有缘!真是有缘!

希望咱们今天收购粮库能达成重要共识。利亨道。

一定一定!郑能亮慨然道,二位总,来,秦岭山肴野蔌,多补充点卡路里。

嘻嘻,本小主有福了,美味加美景,记下了大秦岭!索娃娜道,夹起一块麻辣魔芋享用。

辛实戴道:咱说着吃着哈!秦岭和合南北,泽被天下,是中国的中央水塔,是中华民族的祖脉和中华文化的重要象征。我们在此达成合作,会得福报的!

利亨连道:说得好。

饭罢,大家找到一处玲珑的凉亭,坐着喝茶。周围翠竹掩映,竹枝和竹叶上挂满一串串银铃样的蝉壳,风过则沙沙作响,雨来则嘤嘤若泣,伴以鸟儿的啁啾,甚是玄妙。索娃娜看得傻了眼,被辛实戴拉进亭子。四个人围着凉亭内的竹桌谈判,竹桌上摆放着松子、山核桃、毛栗子和特制的竹叶饮料。

一小时后,利亨总结:大体就这样,我说,咱们舞剧和粮库两个项目,双向同时推进,合同……正说时手机铃响起,他说声"对不起",起身离开去接电话。

索娃娜微笑着问:"正能量"老板,什么时候给"新时代"辛先生放假呀?

什么假?郑能亮笑说,很快收敛笑容,这得问你!

问我?索娃娜颇为不解。

辛实戴接过话茬:问男友什么时候能够满意。

在商言商,这我帮不了什么。索娃娜道,我还想让辛先生带着我去看全运会女排比赛呢!

郑能亮立即吩咐:辛总记得弄好票!

辛实戴点点头。

这时,听到雨打竹叶的声音,如同妇人悲泣,索娃娜兴奋地喊:哇,下雨啦!

郑能亮:好像吉尔吉斯斯坦不下雨似的!

那倒不是!不过,没有这边雨多,也没有这里这么热。嘿,重点不在这儿,重点是:咱们今天,人不同,雨就不同嘛!索娃娜朝辛实戴看着,直白道。

看我干什么?小心我要收养眼费!辛实戴有口无心道,说得自己先笑起来。

仨人一起大笑。笑毕,郑能亮说:若要养眼费,咱都得给人索总出。瞧人家这颜值,瞧人家这气质,我看一线明星里也少见。

索娃娜正要说什么时,利亨落汤鸡一样跑回。索娃娜见状,忙上前拨弄着利亨被雨淋着的衣服,惋惜道:可惜了,我的杰作!

郑能亮、辛实戴被逗笑,利亨狐疑地盯着辛实戴问:我说,你们笑啥?

郑能亮:她说你是她的杰作,哈哈……

大家又笑起来,利亨也笑了,笑过收敛道:我说,朋友们,欢聚总嫌短暂。事发突然,我得回国处理,还得应对一些杂事。我宣布,由索总全权代表我,处理舞剧、粮库的合同事宜。晚上我做东,去我新开业的丝路云餐厅吃大餐,明天一早还得赶飞机呢。

谢谢!郑能亮道,朝辛实戴使眼色,无以为报,送二位两本书《云横秦岭》《丝路情缘》,略表寸心。

辛实戴递上一薄一厚两本小说,利亨接过,道:谢谢!在秦岭收到《云横秦岭》,结下这份厚重的《丝路情缘》,真是高兴,太棒了!

索娃娜更揭秘说,她认识《丝路情缘》里的主人公雅诗儿,她们在一个寻祖群里相识,并像发现新大陆似的盯着郑能亮问:郑总,您是不是书中的那位男主人公郑能亮?

一句话提醒了众人,大家都将目光集中于郑能亮身上,要求他给出答案。辛实戴更觉得有些奇怪,想自己和郑总是忘年交,咋不了解这内情?又想,小说是虚构作品,难道雅诗儿、郑能亮不应该是个艺术形象吗?难道他们就在现实生活中?

郑能亮却神秘道:各位朋友,穿越有风险哦!最大问题是年龄不相符,我……正说时电话响起,他接起电话,脸色陡变,走远去听,一会儿就挂断,回来时气得脸色干黄。

辛实戴忙小声解释说,可能是老板那读职中而迷恋明星的女儿又向他要钱了。于是大家立马返程。车内,郑能亮一直闭着眼。

由于自己的经历,索娃娜对孩子教育有自己的看法,她说了一部电影里的一句台词:相信他,别管他!

郑能亮闻罢,脸上盘桓起更重的阴云,半天才勉强道:等你有孩子,就不这么认为了。

气氛冷了下来,索娃娜转对利亨说:利亨,我很担心!我哥咋办?

别担心,他与我一起回。

七、快意终南山

利亨,你欠我一次进西安城的陪伴。

下次吧!

下次下次,叫你"下次先生"吧!

索娃娜的话,惹得大家笑起来,郑能亮也被笑"醒"。

八、温暖的抱抱

　　第二天中午，索娃娜去咸阳国际机场送哥哥回国，搞得很伤感。
　　索娃娜和哥哥的感情本来就深，她还想着等哥哥流调结束，一起在西安玩几天，去坊上买回家里的16号院子。压根儿没想到一个月未见，今天以这样的方式送别，她当下崩溃了。检票口，她泪眼婆娑，还没多看几眼、没来得及说话，哥哥就要被带进候机厅。索娃娜着急担心，哭出声来。她不顾工作人员阻拦，企图与拿着登机牌的奥托巴耶夫拥抱，被拦下后，利亨担心索娃娜出事儿，跟工作人员说了几句，工作人员才同意她与哥哥接触。索娃娜走近哥哥，未语泪先流，半天吞吐着说"哥你保重"，奥托巴耶夫则反复说"放心丫头"，令索娃娜听着不仅没有放心，反而更担心。
　　利亨想劝慰索娃娜，却一时找不到合适的词儿，两人对视当中似乎心怀芥蒂。就在利亨与索娃娜冷场的瞬间，工作人员带走了哥哥。利亨也边退后边朝索娃娜招手，索娃娜惊异地看到，利亨身后检票口里，

八、温暖的抱抱

伊莲正鬼使神差地朝她挥手告别。一种难以言表的悲愤涌上脑际,一阵尖锐的心痛撕扯着索娃娜,她差点被击倒,但很快,她艰难而又决绝地掉头跑回。利亨表情悲伤,犹豫一下,转身走进候机大厅去。

机场上空,一架架飞机轰鸣着冲向云霄,震得人耳朵直嗡嗡。机场外,可怜的索娃娜狼狈不堪地钻进豪车,瘫软在褐色皮质后座上。梁师傅边开车边劝慰:索总放心,列车长不会有事儿的!

索娃娜头抵椅背,大放悲声……

她不明白,哥哥的列车究竟出了什么纰漏。虽然索娃娜相信哥哥是最棒的列车长,但她内心的隐忧还是久久不散。令她慰藉的是,与那些失联坠机相比,和那些因事故而丢了性命的人相比,哥哥至少是安全的,脚踩大地、健康安全,无论怎么被怀疑、遭调查,人都好好的。清者自清,她相信哥哥没事。

索娃娜更不明白的是,不知何时,利亨似乎与伊莲生出了扯不清道不明的关系。几分钟前,她还不清楚他俩有事,虽然伊莲一贯嗲声嗲气,但看不出她与利亨有什么出格的举动。可刚才的一幕,让她血直往头上涌,女性特有的第六感告诉她:他俩有事。况且,可憎的利亨,带着这样一个女人在哥眼前招摇,让哥哥的脸往哪儿搁!对,他分明就是示威并羞辱哥哥和我。索娃娜很气愤,差点晕过去。

如此这般折磨自己老半天,她才又反过来想,刚才利亨的眼神和脸色并不像要和自己分开。何况,这一路走来,在伊莲垂涎他的情况下,要是他也有同样的心思,那他完全可以欺骗自己,甚至干脆甩掉自己呀。他要是真不想要我了,他尽可以说明白呀,不用带着备胎在现任的哥哥面前显摆。这样想时,她的气顺了些。

回到酒店,脑细胞大量消耗的索娃娜有些累,将自己关进房间赖在床上,却终究睡不着,就去给父母打电话。挂电话后,想着明天还要谈判,就强迫自己养精蓄锐。等快要睡着时,又听到手机信息声,她没理,手机信息声再起,她顺手关了机,好半天才睡着。

第二天,W 酒店小会议室,索娃娜和郑能亮、辛实戴开始谈判。索娃娜坐在圆条桌靠窗的一面,脸上透出一丝不易察觉的凄然,郑能亮、辛实戴坐在她对面,郑能亮道:索总,会前利亨总打电话来,除了叮咛咱们舞剧和粮库合作事宜,他还让我告诉你,你哥的事儿让你放宽心,各方面就是例行公务,你别太担心你哥。

谢谢郑总!恨死这个利亨啦!索娃娜目光忧郁得让人伤心。

放宽心,事情会好的。郑能亮和辛实戴一起劝她、安慰她。

谢谢!但愿。今天你们二比一,手下留情,咱们开始商谈!

郑能亮善意地盯着索娃娜,没作声。辛实戴嘴角一笑,露出北京人的睿智和神秘,热情豪爽地用陕西话道:乡党,还谈什么谈?还不快快三叩西门而入哟?

闻听此言,索娃娜眼光闪烁、脸色暗哑,一时语塞。

小辛,不带这样欺负索总索娃娜丫头的!郑能亮两头搞平衡道,不过索总,咱们辛总辛老弟说得对,咱们是亲人,我们有义务帮您实现心愿。

老实说,我也把满西安人乃至全中国人当亲人哩。索娃娜动情道,又说,商务场合,请叫我索小姐。

郑能亮和辛实戴笑场。辛实戴忙离席走到索娃娜身旁,朝她耳语,索娃娜听罢,俏丽的脸颊即刻飞上两瓣绯红的桃花,却故作镇定道:同意,丫头就丫头!你们叫我丫头,我叫你们同志,不,叫伙计,OK?

郑能亮没料到这姑娘反应如此之快,连说:没麻达!没麻达!你是华裔,我们断了骨头还连着筋儿呢。我能帮你什么,你只管说。

好感动哦!索娃娜啜泣着,别笑我,最近泪点好低……

八、温暖的抱抱

仨人进行了开诚布公的谈判,话题在郑能亮的主导下,谈得很深入、很实际、很有成效——这是骄傲的利亨在场的情况下所没有的,也是根本不可能有的。正因为此,辛实戴开始怀疑索娃娜被授权的程度,就是在这里谈好的内容能否被写进合同,即便进入合同初稿,利亨会不会最终答应也是个问题。这样想着,辛实戴注意力就下降了,却见郑能亮朝他使眼色,他便走出会议室。辛实戴一走,索娃娜就放松道:老大,说点私密话呗!

说什么?郑能亮问,想听辛实戴的情况?

索娃娜以笑作答,甚是可爱。

能写会算、能说会道、能屈能伸、能者多劳、能上能下、能文能武、能歌善舞、能征善战……郑能亮一口气说得气喘吁吁。

噗!索娃娜被逗得笑弯了腰,郑能亮不仅话的内容令人发笑,而且他讲单口相声似的说话神态也叫她忍俊不禁。笑毕,她才说:歇歇,您歇歇!您是郭德纲徒弟吗?——不好意思,我只关心他一点,只一点,你懂的,你理解的,他……会不会不喜欢女孩子?

啊……不是吧!郑能亮有点无语,继而含糊道,不过,也有……有可能。

他那么帅,为啥女友离他而去?索娃娜继续追问。

这我知道,你们女孩势利呗!再说了,人家去新加坡留学了呀。

别一竿子打死天下所有女孩——会不会他生理上有问题,才……索娃娜说着背过脸去,她觉得自己说出了毕生最出格的话,为了摸清感兴趣的人的底细,她也是拼了,竟忘记了女孩儿的脸面。

偏在这时,辛实戴回来了,听到俩人说自己,就油滑道:你们继续,我什么也没听到。

也没啥,就是休息会,闲聊谝闲传。索娃娜尴尬道,此地无银三

073

百两。

好哇！索总帮我找回宁宁,我送你一大礼！辛实戴口中的宁宁叫苟宁宁,是他女友,在新加坡留学,马上毕业,却面临回国和留在狮城的两难选择。

索娃娜站起,举掌当空道:一言为定！

辛实戴上前,举掌当空:一言为定！比心丫头,咱们接下来可以沟通一下这事。

随后两人击掌,清脆的掌声响彻会议室。

我若能让你女友回心转意,你叫我一声"姐姐"！索娃娜半开玩笑道,眼睛却盯着辛实戴放光。

辛实戴被索娃娜美丽眸子里的光耀美到,却狡黠道:叫你小姐姐！

哎——真乖！索娃娜神气活现,殷勤地应着,这第一声"姐"就这么干脆利落,看来,姐得加油帮你咯！

辛实戴、郑能亮双双错愕,俩大老爷们儿没想到小姑娘给他们来这么一出。郑能亮更被年轻人的爽快给唬住了,看得有点晕,由衷地拍手道:长见识咧！长见识咧！

索娃娜却只管继续卖乖卖萌:郑总,您老人家赏我什么？如果我能让宁宁回心转意的话。

喊——关我甚事儿？宁宁又不嫁我！我只关心合同。

失望,就知道老男人都是物质主义。索娃娜挺身咳嗽,按一下口罩,俯身道,先表个态,舞剧和粮库合作可直接交换合同,就着条款具体谈,这样比较有效。

痛快！刀下见菜。郑能亮嘴角痣上的黄胡须诡异地抖动着,活像胜利在望的旗帜。

索娃娜换作一副近乎央求的真诚样儿,道:郑总,你和我,组建华夏

八、温暖的抱抱

街舞民歌组织,或者,咱俩在坊上开个店,如何?

几个意思这?有这心思?郑能亮一惊,道,有点意思!有想法……

这时门外传来个男声:索娃娜小姐在吗?

索娃娜和郑能亮颇为惊讶,辛实戴却没好气道:叫飒蜜、叫大妞儿、叫丫头,谁让你管人良家女孩儿叫小姐的?

说时门已打开,就见一个硕大的生日蛋糕被一名中等身材,着西服打领结,戴蓝口罩和高高的卫生帽的男服务生手捧过顶,缓缓移进来。

送蛋糕的!乖乖,这是哪一出?郑能亮疑惑道,同时在辛实戴脸上找答案。

辛实戴故意不作声。服务生辨认一下方向,朝唯一的女生索娃娜走去,问:您是索娃娜大妞儿吧?辛实戴先生特意送您生日蛋糕,祝您生日快乐,圣洁美丽,吉祥健康!

索娃娜和郑能亮同时站起,惊异地喊"啊",再度瞅向辛实戴。

别价,小心我收观赏费!辛实戴站起,真诚地说,那啥,生日快乐!索娃娜小姐,不,飒蜜,不,丫头!

索娃娜泪奔,她做梦也没想到,在这遥远的异国他乡,在这陌生的爷的省爷的城,在她自己都忘记生日的今天,有这样一位萍水相逢的男士为她庆生,为她奉上蛋糕,给她惊喜,给她温暖,而且是这让她一见倾心的男士。她只觉得一股激流迅速裹挟了全身,于是战栗着接过蛋糕吻了再吻,边吻边道:哎哟我的小宇宙!我……本姑娘应该流泪。谢谢!这香甜的蛋糕!这一吻不打紧,奶油糊了她整个嘴巴鼻子和半边脸。

辛实戴打一个漂亮的响指得意道:哟嚯,满嘴奶油,倍儿温馨倍儿香!

郑能亮适时开腔:我代表新丝路传媒、丝路实业,祝我们美丽的索总生日快乐！人见人爱,花见花开,所有的好事都找你,所有的坏运绕着你!

谢谢谢谢！都是暖男,暖男就是不一样！世界需要暖男!

郑能亮十分开心,兴奋道:哈哈,我有个建议,你俩来个温暖的抱抱。

索娃娜开怀道:郑总发话,我没意见。

郑能亮忙向辛实戴递眼色,辛实戴愣怔着。索娃娜上前,贴近辛实戴,辛实戴张开双臂,两人相拥。

郑能亮鼓掌道:你俩拥抱得不是时候,我应该消失,但我又不具备这样的本事,坏了你俩的好事儿。

索娃娜连呼"郑总太逗啦",嘻哈着松手离开辛实戴,奶油糊了辛实戴一脸。

郑能亮看得大笑,又开玩笑道:甭高兴太早,我还有一个要求,如若可能,你要抓紧让苟宁宁回到我们辛总身边。

小case,苟宁宁不回来,我嫁你们辛总！索娃娜拼命点头,奶油块儿从她的脸上不断掉下,说,括号,开玩笑的,括号。

大家因陋就简,别开生面地在会议室为索娃娜庆生。末了,索娃娜回房间整理容装,而后打电话:……你在新加坡好就行！记住,务必是纸质信,与苟宁宁的字体要像,要能以假乱真……爱死你！海伦,拜拜!

这时,敲门声起。索娃娜开门,辛实戴站在外面,让他进门,他却说:就不进来了。是想跟您说,苟宁宁不可能和我再好了！她留那边更有利于她的专业发展。

索娃娜心下欣喜,却道:别没信心！男人别心软。我认为她会回来,你们会和好如初的。

八、温暖的抱抱

见沟通无效,辛实戴大喝一声:啊——哦!

索娃娜陡然色变,喊:噗,你这么有病下去,我想,她……的的确确不会回来找你;要找你,那她就是有病!

所以嘛……辛实戴面有喜色,似乎正中下怀,他现在感兴趣的是眼前人。

索娃娜觉得莫名其妙,径直挤出门去,一边走向会议室一边说:所以我们谈正事,合同,合同,合同!——重要的事情说三遍。

刹那间,三个人的会议室里气氛有些紧张。索娃娜首先打破沉默:受人之托,忠人之事!合作的事情,贵司要抱着成就合作伙伴的诚意,我要看到诚意,才好跟利亨有所交代!是不是?谢二位伙计理解!

哈,那是那是!郑能亮支吾着,对于小姑娘的画风突变,一向精明且善于应变的老江湖也似乎要难以应付了。

索娃娜的话带来长时间沉默。这情景,俩男人不是不能说无用的话,而是说的话注定无用。一会儿,索娃娜开门走出。郑能亮尴尬地抬抬屁股,故作神气活现地道:怎么办?怎么办?

凉拌(办)!生涩的毛头小伙儿辛实戴拿出了北京人的淡定。

凉"办"怎么办?见伙计如此淡定,郑能亮似乎"活"了,问道。

大妞儿的事情,我来办!辛实戴一脸郑重,乐于领受这个军令状,我以为,攻心为上。

郑能亮眼珠一转,道:靠谱。但拜托伙计,千万别把雀儿吓跑了!

雀儿已经跑了,可她还会回来。辛实戴诙谐道,又给老板吃个定心丸,放心,我研究过中亚历史,比较熟悉他们的心理和风俗。

去尿!下班,去坊上吃羊肉泡!

好,心动不如行动。索娃娜走进,接住郑能亮的话,走到圆桌前合上电脑。

郑能亮大喜道：相机伺候！

辛实戴扛起相机，大吼一声，仨人冲出会议室。

九、巧入古城门

下午5点多,傍晚的秋阳似中年女人般热情、妖娆而温婉,西门外每日一度的晚高峰正拉开大幕。眼看黑压压的汽车自西门外一直排进西门内,利亨的车被夹在车流中,没法走又没法停,没法左拐也没法右转,甚至都没法下车。只有最右侧的全运会专用车道依旧畅通。半个小时过去,车子仍旧纹丝不动,司机嘴里不住念叨着"堵死啦"。索娃娜起初还颇觉新奇,道:呀,老舅家堵车也是一大景耶! 古城司机还是很遵守全运规则的哟!

众人都苦笑一下,不知该咋说。郑能亮道:啥景? 困中间,停不得下不得,塞心哪! 你说,这咋进行入城仪式呢?

堵车不堵心。那咋办? 索娃娜不由得焦急地瞅着辛实戴。

辛实戴不冷不热:别瞅我,我脸上有花?

郑能亮:伙计,不带这么说丫头的,她是咱亲亲的亲人!

辛实戴连忙真诚赔罪道歉。

索娃娜问:郑总,你说这咋办?

郑能亮:叫我说,车开进去,再绕出来,再进去。

噗,那不行!那样,等于我没叩门就进城了,像那晚去永兴坊一样。索娃娜灰心道。

郑能亮犯难地瞅着辛实戴:这……

辛实戴:别瞅我!

郑能亮学着他的京腔,嘲讽道:能嘛,不服不行!

好,那我就来个故意肇事。话音未落,辛实戴猛地推开车门,同时迈右脚下车,紧接着听到咣的一声,霎时,车门被右侧的车撞回,辛实戴的腿被车门生生夹住。司机忙熄火停车,就听到对方司机发出一声亮豁的西安城骂:二把刀,你能开个车,你开怂哩你开车!

大家都蒙了,似乎被一剑封喉。辛实戴推开车门挤下车,颠簸着走到对方车侧。司机、索娃娜、郑能亮赶紧跟着跑下车。

对方司机怒不可遏,气得说不出话来,熄火走出车来。辛实戴一看,竟是个彪形大汉。司机、索娃娜、郑能亮忙挡在中间,护住辛实戴。对方司机瞅瞅索娃娜馨香秀美的倩影,不知是慑于她的力道还是觊觎她的美颜,立即收敛了许多,道:哈哈,额……额能干啥?额想抡胳膊打人。不过,我看你个京片子不经打。

你打一个试试!把你崴滴放不下!关中汉子郑能亮立即护在辛实戴前面,凛然道。

两个大老爷们儿冷眼对峙。

呀,腿咋样咧?夹伤了吧,去医院吧!索娃娜担心地问辛实戴。

辛实戴诡异地笑笑,不动声色道:碎碎个事!那啥飒蜜,迅速些,快三叩西门而入呀!

面对郑能亮的大块头和镇静,对方司机早放弃了武力,见辛实戴卖嘴,就继续有滋有味打嘴仗:你还策划新闻事件哩!你连困在系统里的快递小哥都不如。

这时,交警上前盘问,命令双方司机用手机拍照,递上证件让其查看。郑能亮、索娃娜察看辛实戴的右腿,见无大碍,都会意地朝他挤眉弄眼。这时,西门门洞前空荡荡一片,索娃娜他们的车后面却压了一长串车,乱成一锅粥,只有最右侧的全运会专用车道还继续畅通。辛实戴挤挤眼,催道:弄啥?麻利儿!

郑能亮和索娃娜这才恍然大悟,忙朝西门门洞跑去,辛实戴快速架起设备做直播。交警讶异至极,问:这……你干啥?

辛实戴咔嚓咔嚓地拍着,边拍边说:我没事!我的腿……

有伤看伤。双方交换证照,互留电话,走快速理赔!交警偏头瞅瞅他的腿,吩咐着。

听警察搜搜(叔叔)的话没错儿。索娃娜摆 Pose、比心、开腔!辛实戴边说边迅速跑进西门门洞内,扛起设备,对着郑能亮、索娃娜一阵拍摄。直播镜头内,门洞前美丽精灵索娃娜神情庄重,高举起奶奶的老相册,大呼:奶奶,我回爷的省啦,现在进爷的城呀,你高兴吧!

辛实戴又变换角度录像。

郑能亮接过老相册,吩咐:双手合十,膜拜!

索娃娜行礼,虔诚地道:爷的省安好,爷的城吉祥,我顶礼膜拜!

郑能亮又吩咐:门洞上叩打三下。

索娃娜郑重其事地在门洞石壁上咚咚咚叩击,伴随着啄木鸟啄叩树洞般的声响,连说:回来咧,回来咧,回来咧!

辛实戴大喊:乡党们,欢迎东岸子丫头索娃娜回家!欢迎欢迎!

郑能亮高喊:欢迎回家!

明白过来的司机、交警、市民也动容地齐喊:欢迎乡党回家!

所有聚在西门外被耽误了行程的人全都转怒为喜,仪式感很强地齐喊:欢迎回家!欢迎乡党!

对方司机忙抱歉地向索娃娜拱手,连说:乡党对不起!欢迎回家!进城吧,麻利些!

索娃娜一下子泪水涟涟,带着哭腔道:嗯嗯啊,额耐(爱)死你们咧老舅家人!老舅家人把我感动哭咧!说着轻捷上车,急速入城。

夕阳晚照下的西大街流光溢彩,隔着车窗,索娃娜第一眼看到的是古朴雄浑、富丽堂皇的西安钟楼。晚霞中,它辉煌、古朴,恍若仙境,金色燕子正绕着它全力盘旋,更增加了迷幻的诗意。红色为主色、唐韵为主调的历史文化街区西大街古色古香,安定门北广场、鼓楼西广场、文化广场上行人穿梭、车流如河,城隍庙牌楼前更是人和车丸圪垯,古雅的仿唐建筑和现代化的商业城市气息浑然一体,磅礴、大气、典雅,让索娃娜震撼、迷醉、流连忘返。到了广济街都城隍庙牌楼前,索娃娜早按捺不住,郑能亮见状,朝辛实戴使使眼色,揶揄道:"皇城哥"你行不行啊?

辛实戴听言如得令,疾速下车,索娃娜也下车,两人雀跃着弃车而去,步行在黄昏的西大街人流车阵中。夕阳中,索娃娜奔跳着给辛实戴开道,影子映出奇幻的倒影,马尾辫儿不断婆娑着,招摇在辛实戴头顶,像喇叭口在辛实戴脑际晃动。一时间,辛实戴有些迷幻,脚步不稳,回一下神才快步上前,低声道:飒蜜,你知不知道自己走在千年的街道上?

真的吗?索娃娜对着牌楼比心、拍照,发抖音竟没成功,就发微信、微博,写:爷的省,我回来咧!老舅家人,丫头回来咧!

辛实戴马上打开手机点赞,留言:看新闻转发新闻吧!随手将链接发给索娃娜。索娃娜打开链接,手机屏上显示,她已上了热搜。索娃娜道:啊啊,本小姐姐年少心高,就喜欢高光时刻!于是她更加欢呼雀跃。

九、巧入古城门

东瞧瞧西瞅瞅,两人很快走到鼓楼前,突然围上一群人,是记者跟上来了。索娃娜连连拒绝,辛实戴开导一番,她才勉强同意接受采访。

记者们迫不及待地问:

索娃娜乡党,我是《都市快报》记者祝宁娟,请问您此访西安有什么特别感触吗?一个30岁出头的高颜值女子抢了先。

我是陕台《文化三秦》栏目记者孙凯凯,请问您最爱吃的西安美食是什么?一个肌肉男扛着相机争取着。

另一个实习生模样的小女生也不甘落后,问:我是西安发布公众号的记者,请问作为前著名排球运动员,您对在我们西安举办的全运会,有什么期待和寄语?

还有许多人抢着问,辛实戴赶紧阻止:各位,我是索总助理小辛。咱一个一个来,先回答《快报》祝女士的问题!

索娃娜习惯性地摆一下右臂,打着响指,令人想起她曾在排球场上叱咤风云的情形,她激动道:感谢媒体乡党们的真情厚爱!你们太好啦!丫头我今儿个太激动啦!这是我最大的感受。我们中亚华裔根在陕西,花开丝路!中国好大好美,西安好吃好看好辉煌!中国倡导的"丝绸之路经济带",为我们提供了很多机会,更为遗落在丝路沿线的华裔铺就一条"常回家看看的路"。我感谢老舅家!新时代里,愿我们的道路充满正能量,永远开心多赚钱。

辛实戴带头鼓掌。大家鼓掌。一个记者问:乡党,我插个有趣的问题,你想不想在西安找对象,嫁回老舅家?

噗,那还用讲!索娃娜脱口而出,早羞红了脸,慨然道,好了,请你们采访我的朋友辛实戴吧!玉指指向辛实戴。

辛实戴连连摆手:免了免了。吃泡馍去!说着走远。

那好!以实际行动回答孙凯凯老师的提问!索娃娜摆摆手,飒爽离开。身后的记者和游客还跟拍抢拍着……

　　回坊上，索娃娜、辛实戴游走在摩肩接踵的人流中，担心走散，几次差点牵起手，却都不好意思。回民街是西安闻名世界的美食文化街区，有着悠久历史，由北广济街、北院门、西羊市、大皮院、化觉巷、洒金桥等历史文化名街组成。深厚的文化底蕴，挤挤挨挨的美食店铺，琳琅满目的特色小吃，活色生香的感官所得，排着长队等餐的食客，以及可心的身边人，都令吃货索娃娜欲罢不能。两人来到一家牛肉泡馍馆，正要落座，就听郑能亮喊：索总，你知不知道你脚下的街道多少岁？

　　不知道！多少岁？索娃娜偏头，很吃惊在这么多人之中还能再次"碰"到郑能亮，就说，我脚踩秦砖头顶汉瓦，在回民坊我老家院门口玩耍，看大唐夜空、呼吸着老舅家的空气、跟着朋友我乐开了花！

　　大家都被她顺溜至极的话和煞有介事的样子逗乐，一个戴白色卫生帽的店铺老板说除了老宅老院子，新建的回民街才30多年，不过这地盘和周围这一片历史可就长了。游人纷纷说：这不是被网上热搜的那东岸子娃索娃娜吗？

　　咋这像的，像那个外国女排球星4号！

　　闻此话语，担心被再次围观的郑能亮忙拉起辛实戴，辛实戴急抓住索娃娜的手，仨人风一样疯狂逃奔。索娃娜是顶流明星，为避免被打扰，他们一路狂奔到洒金桥，再绕几个弯到了西羊市，这才找个僻静的泡馍馆坐下。叫了牛肉泡，片时饭至，几人开吃。望着索娃娜狼吞虎咽的吃相和吃得津津有味的样子，辛实戴不禁问：合口不？好吃吗？

　　索娃娜边吃边忙不迭点头：嗯嗯……好吃好吃！真好吃！

　　好吃你就多吃！

　　噗……你这话和说话的神态，像极了我婆！索娃娜停下来，贴了假睫毛的大眼睛亮晶晶地朝辛实戴瞅着，对了，还像极了我妈！

九、巧入古城门

辛实戴笑笑,很憨厚的样子。

郑能亮解嘲道:不明白,你在夸我们辛总呢还是损他?

噗,夸他还来不及呢!索娃娜认真道,今日到了爷的省、爷的城,我哪敢造次?

多谢小姐姐!辛实戴卖乖道,乡党,您瞧瞧咱这坊上,和你们那边的陕西村有啥不同?

大、好、热闹、齐整、亮豁、美实、冷怂沃野、攒劲、嫽太太咧!索娃娜的关中话脱口而出,像放鞭炮。

采访一哈(下),你们那边人怎么看咱西安城、坊上人?辛实戴用西安话问,随手将菜单卷成筒状伸向索娃娜嘴边。

食客和服务员都转脸看着他们,有人开始拿起手机拍照、录视频。

啊啊,我可能说不好。怎么说呢,老舅家人嘛,是最最尊贵、最最敬佩向往的人。索娃娜很真诚的样子,恬静的面庞在灯光下楚楚动人。

辛实戴继续问:那您知道为什么吗?

为什么?

哈哈!因为他们的祖辈有些是国家的能臣干将,他们素来爱好和平,具有中华民族共同体意识,保家卫国时很进步,牺牲也很大,贡献卓著……辛实戴打着手势讲。

索娃娜用心听,郑能亮也会意地笑着。索娃娜心悦诚服,忍不住插话:你专家水平呀,哥!我有个西安的网友,学历史的,硕士毕业论文就研究西北民族问题东干课题。可我是汉族,和你一样。

辛实戴一愣,却道:小姐姐,知道为啥叫你们——不,叫他们为东干人吗?

从中亚的东边过去的嘛。索娃娜道。

东干就是东岸,意思是"甘肃东部"或"东边来的"。东干人一般说

085

的就是中国西北甘肃庆阳、平凉、陕西关中等地的关陇回民的后裔。辛实戴振振有词。

哇！真专家！索娃娜突然从背后抱住辛实戴,很轻松地就将他撂起,不过,刚才说了,我是汉人,往上数三辈都是汉人。

他是……郑能亮插嘴说。

辛实戴急道:打住——蝇子！

郑能亮被指挥着,拿起蝇拍四下寻找那根本不存在的苍蝇,打了一整才恍然大悟,就默默回身坐下。索娃娜看得纳闷,放下辛实戴,搂着他说:咱俩做闺密吧,好不啦？

辛实戴又遭逢索娃娜温暖的抱抱,再次感到她青春躯体的馨香。

从泡馍馆出来,三人去化觉巷内的西安清真大寺外瞻仰。眼前是一座历史悠久、规模宏大的唐天宝元年（742年）的建筑群,有1200余年历史。灯光下,蝙蝠绕出重重的影子,楼、台、亭、殿布局紧凑和谐,具有奇特的宗教和世俗混杂的色彩、氛围。索娃娜、辛实戴不断做出经典的比心动作拍照,发微信、微博。辛实戴还教索娃娜发抖音,她终于成功地发出了第一条抖音,兴奋得不得了。

索娃娜、辛实戴又转回西大街,朝钟楼漫步而去。沿途在修地铁6号线,围挡高高打起,塔吊在半空里戳着,遮挡了视线,只能绕着看。华灯初上,古城灯火辉煌,远眺钟楼,望之俨然,周围灯火通明,脚灯散射出的光芒匕首一样直插夜空,蝙蝠、飞蛾环绕飞翔,神秘庄重,瑰丽无比,炫极妙极。索娃娜迫不及待,长腿善跑地先跑过去,辛实戴紧紧跟上。

索娃娜近前,隔着钟楼盘道瞧去,但见钟楼建在边长三四十米、高八九米的方形基座上,重楼三层檐,四角攒顶,高也三四十米。辛实戴说:您看色彩漂亮呀不？檐上盖着深绿色琉璃瓦儿,楼内贴着金彩绘,

九、巧入古城门

雕梁画栋的,顶部还有鎏金宝顶儿。我给您说,据说,以这宝顶儿为中心辐射出东、南、西、北四条大街,最终分别与明城墙东、南、西、北四门相接。

索娃娜连道神奇。事实上,西安钟楼位于西安市古城内中心,楼体雕梁画栋,巧夺天工,是中国现存钟楼中形制最大、保存最完整的一座,从建筑规模、历史价值和艺术价值各方面来说,都居全国同类建筑之首。眼前,盘道内是绿植,顶上一只只蝙蝠正在做全力的飞翔,从钟楼飞到开元商场,再绕道邮政大楼到德发长,最终又忽地冲回钟楼。脚灯的光华打到索娃娜的身上、脸上,强光照得她直转脸回头。身后,一群人在放孔明灯,欢呼着。孩子们在放电光飞轮,蓝绿红的飞轮带起漂亮的光晕,又被抛向夜空,飞到最高点才跌落下来。索娃娜一边开心地看,一边孩子气地做出很萌的比心动作拍照,发微信、微博、抖音。辛实戴买票回来,两人双双登楼。

楼上灯光迷离,兼以吉祥物的蹦跳,蝙蝠绕着游人头面翻飞助兴。索娃娜登高望远,绕着圈看西安城,打量着这座参差千万人家的特大都市,心胸为之开阔,好像昔日里大比分三比零拿下重要比赛一样开怀。一层、两层、顶层,一圈、两圈、三圈,她与辛实戴都陶醉了。

钟楼好堂皇!我欲乘风归去,又恐琼楼玉宇!索娃娜随口感叹。

登斯楼也,则有灯火迷离、蝙蝠绕顶、人车俱踩脚下者矣。辛实戴戏仿范仲淹的《岳阳楼记》。

醉了古城醉了哥,醉了天地醉了我!索娃娜说得自己都吓了一跳。

辛实戴惊道:你真是诗仙下凡!

谢谢!哥,真想今晚住上面。

辛实戴递上罐装的冰峰汽水,说:来,喝汽水。坐会儿吧!

两人面南坐在水泥台阶上,台阶温酥酥的,给人异样的感觉。索娃娜舒展大长腿,拉开冰峰汽水抿一口道:谢谢!西安真好,生活在这里真幸福!

怎么说呢?还行吧。西安是十三朝的古都、世界四大古都之一,也是丝路起点、国家中心城市、全国科教重镇,还是硬科技之都。

真厉害!记得我小学的时候,西安举办了世园会。

对。那时我大一,还兴冲冲地去当志愿者呢。辛实戴撕开绿色卡通图案的塑料包装袋儿,递给索娃娜,说:来,吃"好多鱼"。

讨厌,说人家好多余!索娃娜一边直接接到嘴里,一边撒娇。

辛实戴看得心花怒放,笑道:哈哈,对不起,您真乖!

噗,讨厌,对女孩子这么直白。索娃娜继续卖萌,也是氛围好,动了真情。

哈哈,您是真的好乖!辛实戴直抒胸臆。

好吧!我就当"皇城哥"的话是真的!

当然是真的啦,咱是真的乡党。

亲亲的乡党。——说哪啦?西安以后会咋样?索娃娜打破砂锅问到底。

未来西安,是要建成国际性综合交通枢纽、历史文化国际大都市的。个人觉得,北京首都是中国的政治文化中心,上海是经济中心,西安可努力建成中国的另一个文化中心。

好神往!我祝福西安!嗯嗯,真想一直坐这儿!

许久,索娃娜提议玩躲猫猫的游戏,于是孩子似的东跑前跑,边躲边嘻哈。

嘻嘻,来呀、来呀、来呀!咯咯咯!索娃娜忘情地叫道,仿佛回到孩提时有奶奶的年代。

我来了,在哪?啊啊……辛实戴高兴道,忘了失恋的忧伤和生活的

九、巧入古城门

困顿。

咯咯咯咯,找不到了吧?哇——索娃娜心里如春天般欣喜,意识到有一个自己喜欢的人在侧。

哇!撞个满怀,羞羞!

……

最终,在顶层一个无人的逼仄的楼角,索娃娜忽然出现在辛实戴面前,两人扑了个满怀。猛地,索娃娜紧紧抱住辛实戴,她形同长颈鹿,辛实戴的脸正好挨着她的脖颈儿,他听到一个质朴而激动的请求:哥抱抱!

辛实戴只觉得自己的脸触到索娃娜湿漉漉的脖子上,顿时打了个激灵,犹豫一下道:索总,那啥……热。坐地日行八万里,我让您一分钟,不,两分钟转遍西安市内的三个区,如何?

索娃娜放开辛实戴,嘻哈道:别紧张!我只是想看看蝙蝠有没有钻进你的脖子里。

机灵鬼。不骗您,我真能让您两分钟逛遍西安市内的三个区!辛实戴坚持说,真的,出"门"人不打诳语的。

噗,男人的嘴,骗人的鬼。咋可能?西安这么大!

真的!就两分钟,两分钟保您逛遍西安碑林、新城、莲湖三个区!辛实戴郑重其事。

索娃娜这才认真下来,问:步行还是开车?不用讲是地空旅行,必须得坐直升机!

随便!步行吧。

咋可能?哥,别开国际玩笑啦!你我又不是光,咱们是要搞区块链和元宇宙吗?要超链接,要穿越,还是人机互动?索娃娜惊异得脑洞大开道。

089

这不用愁,咱不搞虚的。不信咱打赌!

赌就赌。索娃娜来了兴趣,赌什么?

如果咱们步行两分钟能转西安市内的三个区,明天就签署我们新丝路公司与你们的合同。

哥,貌似我没恁大权力。索娃娜有些失望。

不是全权负责吗?不是他追您吗?辛实戴大惑不解。

是!

那……辛实戴思索着问,怕自己走不慢?说着就笑场了。

索娃娜也笑了,银铃般的笑声在钟楼周遭荡漾,笑毕才洒脱地说:成交!两人举掌当空,响亮击掌。

他们依约下楼。躲过工作人员的管制,在车流如水的环钟楼绿植边的马路内侧站定,索娃娜掏出唇膏在路边做好起点的标记,而后打开手机秒表准备计时,辛实戴打开手机开始导航,同时计时。辛实戴问准备好没有,索娃娜说好了。辛实戴喊声"预备——走",两人顺时针疾走在绿植的边缘、车流的内圈。索娃娜腿长,打着响指均匀走着,辛实戴如竞走般全力跟上,就这还被落下一截。伴随着两人绕钟楼环岛步行,手机导航发出悦耳的提示音:您已进入西安莲湖区!您已进入西安新城区!您已进入西安碑林区。

很快,惊险的环岛行走回到唇膏标识的地方,索娃娜端着手机,微微喘道:2分03秒。你呢?

辛实戴高举手机,喘着粗气,说:我输了!也是两分零几秒。

输了?哥,怎么觉得是我输了呢?索娃娜开心道,不过好好玩!两分钟就转了西安市内的三个区,也是一大世界奇迹呀!可以申请吉尼斯世界纪录了。这就是无所不奇的大长安吧!这就是我魂牵梦萦、心心念念的爷的城哪!辛实戴,今天是我今生最开心的一天,好好玩耶,

九、巧入古城门

全是你带给我的!

清风明月不用钱买,钟楼、鼓楼、大雁塔、坊上您随便逛,西安欢迎您!辛实戴开怀道,您开心就好!

谢谢!可惜没拿……索娃娜欲言又止。

什么?

没事儿。回吧!索娃娜说,哎哥,要不要去玩剧本杀、密室逃脱或者去清吧?我请客。

不啦!多谢!辛实戴说,其实我都不知道它们长啥样儿。

不是吧哥!多谢你!那咱们回去吧!索娃娜恍然大悟,失笑着问,丢人,丢……郑总……他去哪儿了?

哈哈,您就不用管他咯!咱这是在他的一亩三分地上转悠哩。辛实戴拿起手机给司机打电话,司机就在附近,于是坐车回程。

十、心儿已迷醉

岩桂飘香,曲江的凉夜充满馨香和诱惑。车送索娃娜到宾馆,她恋恋不舍地与辛实戴道别,眸子里泛着幽幽的光道:爱你哦!遗憾今天我没拿房契!

什么房契?辛实戴不得要领。

没事儿,回去歇着吧!

两人道别,索娃娜回到宾馆房间。冲完澡,她很兴奋,不想睡,就打开电视,陕西卫视正在播放新闻。索娃娜舒服地躺在床上,舒展四肢。突然,她听到自己带着哭腔的声音:我爱死你们咧,老舅家人⋯⋯

原来,电视上正在播放她在西门外的视频画面,先是出镜记者播道:面对本台记者采访,中亚姑娘索娃娜如是说——接着画面上出现索娃娜,她对着话筒说:⋯⋯根在陕西,花开丝路!中国好大好美,西安好吃好看好辉煌!中国倡导的"丝绸之路经济带",为我们提供了很多机会,更为遗落在丝路沿线的华裔铺就一条"常回家看看的路"⋯⋯随

十、心儿已迷醉

后,出现了记者的声音:中华人民共和国第十四届运动会赛事进展顺利,距离闭幕还有2天。可以说,全运会的"长安十二时辰"已进入倒计时。跟着记者走全运,现在我们连线本台现场记者。李璐,你好!……

索娃娜关上电视,激动得流下泪来,忙打视频电话给父母,分享自己的快乐。父母也很激动,仨人聊了一个多钟头。

结束后夜已很深,她关了灯,可脑子里翻江倒海:今天是她生命中最有意义的一天,她替奶奶、父母和全陕西村人解了乡愁、了了心愿,回老舅家爷的省爷的城、三叩西安城西门城墙而入,她多么幸福哇!可奇怪的是,她觉得她现在的兴奋不光来自三叩西门本身,不光来自解了乡愁、还了奶奶家人和乡亲们的心愿这件事,还来自带她进西门的人——辛实戴。也是,高大健硕的利亨踟蹰月余没办成的事情,单薄瘦小的辛实戴一天甚至一小时就搞定,而且整个过程妙趣横生、惊喜连连、文艺范儿十足。由此,这个自称"皇城哥"的北京小伙、中国男人,在她脑子里活跃起来。

她怎么也忘不了,她逛西安的第一夜。如画如诗如梦的长安夜,她听到他的那一声吼叫,如得令般地摔倒在大唐不夜城群雕下。是他,拉起了她。四目相对,两个生命的光耀似乎在瞬间倍增。接下来的事情更让她伤怀而难忘,男友的深深质疑,牢牢印进她生命,是不信任带来的屈辱,抑或是即将造就的因缘际会带来的窃喜,都不知道。她现在感到的是心痛和心疼:心痛利亨的粗鲁和多疑,心疼辛实戴的好心、无辜受质疑。她为她当时心里向着辛实戴而自豪,为利亨的无理取闹而羞愤。她现在还后怕,要是当时打起来,那怎么办?

她更忘记不了那碗走心的𰻝𰻝面所带给她的永不消退的快乐。她说嫽扎咧,他坏坏地说,味好,但是大蒜臭,晚上你男友该不满意了。她

093

回答说怂管，他俩齐声纵情大笑。笑声那么爽朗，和着饭香和八月桂花香，一起飘散在那馨香、和平、欢乐的大唐圣地。

还有，在新丝路传媒公司，她惊呼"妙，妙！郑能亮——正能量"的一幕，落座后她与他对视、点头、驳难的瞬间，现在都在她眼前闪过。她还费尽心机打听他的隐私，现在想着都脸红心跳、无地自容，可当时咋就那么"不要脸"呢？秦岭朱雀森林公园，风过竹林，她说的那句"人不同，雨就不同嘛"，现在令她自己难为情，她不明白她咋就那么胆大，总觉得他那么好玩。据说他还能单指剥葱。他说话总是那么有意思：看我干什么？小心我要养眼费！她经常记起这话，并因之独自发笑。

尤为不解所以时刻令她感念的是，辛实戴真诚地为她庆生的场面：生日快乐！索娃娜小姐，不，飒蜜，不，丫头！她当时真醉了，真想咬他一口，却只是吻了他给她的蛋糕。最令她心跳的是，资深男人郑能亮似看破天机，撮合他俩拥抱……

还有今晚的每一秒钟，也像放电影一样从她眼前一帧一帧飘过，一遍又一遍，让她偷着乐、心里甜。他说，好吃您就多吃，她回他像极她婆她妈！她搂着他说，咱俩做闺密吧？钟楼环岛的经历太奇特，他最终说他输了，她说她才输了呢，不过挺好玩的，今天是她一生中最开心的一天，还臊眉耷眼地说带他去夜店吧！她当时真想和这个男人好。她曾经无数次拒了觊觎她的男人的邀约，无数次拒了男友的亲密要求，是铁杆玉女世间奇葩，可今晚却节操碎了一地——鬼使神差地主动邀约男人，还被秒拒。遭拒她反而高兴，觉得这个男人靠谱，值得信赖！

哈哈，这是什么逻辑！她才21岁，而他29岁，她是要倒追他吗？她是不是太狂躁、太狂野？但，她就这么干了，而且想继续干！她就这么狂野、狂躁！这也许是她生命的本相，是她的本我、超我，昔日在球场上就这样。索娃娜心猿意马、脸红心跳、浑身燥热……终于，她摸起手机打电话:辛实戴,为什么送我蛋糕?害得本姑娘睡不着觉!

听筒里,是伴随着嘈杂声的辛实戴的回答:喂,你说什么?我这边有状况了,正在排队……您再说一遍。

索娃娜啪地挂了电话。手机《风从千年来》的铃声很快响起,索娃娜挂断,铃声又响起,索娃娜思索一下,将手机铃声换为毛阿敏的《绿叶对根的情意》,关了机。

清晨,长安南路曲江与长安区交界处。

9平方米的出租房内,鼾声与手机铃声和鸣着,此起彼伏。赤褐色的旧木地板上,摆着一双半新不旧的蓝色男式塑料拖鞋,靠窗旁,一只半大的灰白花猫正对着瓷缸里的小乌龟出神,耳朵不时耸动着。拖鞋上是一张小铁床,躺着辛实戴,他只穿大裤头,身上被蚊子叮得起了包。一只长足蚊子隔着大裤头向他狠命叮去,辛实戴被侵犯,猛翻个身,继续死睡。不料,《西安人的歌》的手机铃声再次执着地响起,他闭着眼,准确地抓起手机,对着手机喊:你催命啊……郑总,不是说今天不谈判吗?

郑能亮的声音:伙计,不谈判不等于工作不推进呀,咱得合计一下。

好。辛实戴坐直,如同手机那边的老板就站在面前。

索总再联系你没有?

昨晚回去在微信上给我发来个古旧发黄的房契,是她祖先在坊上的住宅证,几百年前的物件,看得我心潮澎湃,她确实是你们西安人。

哈哈,这个假不了。郑能亮十分肯定,好像他是看着索娃娜出生长大似的。

她那老四合院像你的16号院。辛实戴兴奋地报告着新发现。

什么叫像?根本就是。郑能亮不紧不慢地应着,坊上还能有第二个16号院啊？你记着，这个要当压舱石用。

得嘞。

你给咱注意保密。

这个你放心。

伙计，这丫头对你有意思。

别拿我开涮！辛实戴道。

真的。你上午按兵不动，等她消息。我先忙点事儿，回头联系。

辛实戴答应着，挂了电话，将手机放回原地，继续睡。不久手机铃声又响，他抓起手机就训：你咋这啰唆？有完没完啦！

不好，竟是索娃娜。他忙换了腔调，温和道：啊……索娃娜，还以为是诈骗电话！索总，您尽管吩咐……知道，房契照我肯定不乱传，我现在就删掉……合同，他估计要和他们董事长再合计合计，对对细节……哈哈，您怎么办，应该问利亨吧……我北京游民、长安闲人一个……没事我养精蓄锐……等您给我将苟宁宁弄回来呀……你们又不能嫁汉族，我总不能打光棍儿一辈子吧……好好……您等一下，我有点难受，去一下洗手间。

辛实戴内急，撇下手机下床，光着膀子佝偻着身子跑出门。过了好一阵子，他才回来，隔门老远就听到手机铃声执着地响着。辛实戴开门，抓起手机抱歉道：对不住您哪，让您久等……洗手间有点远……离卧室能有……大概600米吧。

一只蚊子来侵犯，他点一下手机外放，腾出手来跟蚊子作战，听到索娃娜充满性感的声音：噗……你骗人！

驱赶走蚊子，辛实戴坐在床沿，对手机讲：没有的事！

索娃娜柔和的声音：那……就是你们家特大特大，像大明宫、克里姆林宫！

十、心儿已迷醉

辛实戴苦笑一下,忙不迭地对手机讲:哪里哪里!喊——你这什么逻辑!我蚁族,身居斗室,是蜗居呀!西安房价从2016年到现在,涨了好几倍,我哪有钱买房嘞您说……

索娃娜的声音温柔,满含着娇嗔:你骗人!

辛实戴哑然失笑,对手机讲:真不骗您……我咋舍得骗您……您是外宾,骗您有损于咱大西安人形象啊!

噗,知道就好!索娃娜充满幽怨的腔调,不成,我得过去看看!

辛实戴一惊,心里咯噔一下,手机差点掉地,惊得猫咪喵呜一声叫,他惶然地讲:您饶了我吧!我这里是藏污纳垢之所,千万不能来。

噗……索娃娜继续着幽怨腔调,不方便呀?知道你有鬼,怕我看到你金屋藏娇!怕我抓走你的猫猫吗?

辛实戴笑着对手机讲:不是不是,绝对不是!您哥我洁身自好!

索娃娜充满诱惑地邀请:那算了!难得你今天这么有空,不如我们一起出去玩?

辛实戴又是一惊,抓起手机忙讲:我安排一下时间……不过,没准儿。

索娃娜:怎么你吞吞吐吐?真有女人在侧?

辛实戴仓促地对手机讲:没……不能够……您等我电话啊……回见!

他挂断电话,又万分兴奋地拨电话:喂——伙计……有门儿有门儿……嘿嘿,天大喜讯儿,她约我出去玩儿……好嘞……可——你知道,我最近没做家教,身上没多余钱支使……好嘞!村口儿见!

他挂了电话,开始给猫放够四五天吃的食,又接了一大盆水放地板上,随后抓紧洗头、洗身子、刷牙、洗脸、梳头,做完这一切,换上一身新衣服——是他带前女友去青岛参加学术会议前特意买的——精神抖擞

097

地出门去。当他很有范儿地走到城中村村口时,一辆横在村口的崭新卡宴车车门大开着,门内郑能亮嘴里叼着半截雪茄,一边两只手掬着三个手机来回倒换着,一边朝村内搜寻着目标,却无视辛实戴的走近。蓦地,他发现打扮全新的辛实戴,就立即命令:回去!

怎么着?辛实戴大惑不解,凶什么凶!

忒新了穿得!郑能亮走近,拉拉辛实戴蓝色的领带说,跟人利亨比阔呀?告(诉)你,咱比不过!比本色,咱行!

辛实戴一听,心悦诚服道:得嘞,那我就原形毕露一哈(下)。笑着转身回去。

一会儿,他着装朴素、清新自然地走出。郑能亮远远看到一个"平民版"的辛实戴走来,忙哈哈大笑迎上前拥抱,边熊抱边抽出一沓红彤彤的新钞票甩给他。辛实戴接了钱,放回大裤头侧兜,意味深长地盯着郑能亮问:你老人家还有什么"临终"嘱托?

一般朋友,别想太多,虽然那女子长腿蹽胯,很狂野,是开怀人,可无知者无畏,人那是天真,咱别将客气当福气。毕竟岁数小……郑能亮说得乱七八糟,似乎有些信心不足,总之一句话,别把雀儿吓跑啦!

没想那(么)多,累!知道吗?辛实戴一副无所谓的样子。

这就对了,放平心态,别小说看多了!我告诉你,想也白想!但,该转的地方都转到,咱是娘家人,礼仪之邦,要热情周到。郑能亮说完,回身走到车上,关了车门。

十一、爱心大宝贝

　　两人约好在创客大街会面，辛实戴先到。一会儿，索娃娜带着司机开着豪车赶来。车子停下，车门开处，一双粉色皮靴连着一条大长腿伸出车来，接着她高大的身子灵巧地钻了出来。辛实戴看去，只见她背着偌大的名牌米色皮包，牛仔短裙衬得她的长腿更加诱人，她正昂首挺胸地走向他，她的秀发、披肩、皮包以及蓝色牛仔裙摆被热情的风儿吹得一摆一摆，直贴在她曲线优美、凹凸得宜的高挑躯体上。辛实戴被她的美艳和气质惊呆，心底又一次涌出那句话：年轻，有双大长腿。她却笑吟吟地打个响指，先自语道：UP WAY Is Very good.

　　辛实戴也曾为这条街"给攀登者向上的力量"的命意点赞，觉得索娃娜眼光很毒，正要引为同道时，索娃娜问：咋，没带你家那位？

　　哪位？辛实戴明知故问，鼻翼上浸出细汗珠来，转着圈朝自己看了一回，我要单儿，单身贵族，不，单身平民一枚呀！

　　那就好那就好！索娃娜很开心，好得很，云游去也！说着，轻捷地迈出110厘米的大长腿。

两人先向东,朝唐城墙遗址公园走去,司机远远地开慢车跟着。面对仙女一样健美、飘逸又时尚亲和的索娃娜,辛实戴怦然心动,一时间显得笨手笨脚。索娃娜则兴味十足地问这问那,许多问题都是辛实戴以前没有注意到的。她问为什么大唐城墙遗址公园里还有大唐不夜城,还问西安回民坊到底有多少年历史,清代的房契还管用吗……辛实戴怔住了,有些窘迫得难以回答。

他们的眼前,是驰名中外的西安网红打卡地——大唐不夜城。

不夜城在曲江新区举世闻名的大雁塔脚下,呈长条形,北起玄奘广场,南至唐城墙遗址公园,东西分别以慈恩东路、西路为限。现在,索娃娜就站在大唐不夜城最南端开元广场的舞台上眺望。这里曾为"西安年·最中国"主舞台,其中,温德姆酒店南侧新开了网红皮卡晨的"不倒翁"演艺,显得异常热闹;而整个大唐不夜城则是西安最具代表性的街区,现已成为全国闻名、世界知名的网红金街,吸引了世界各地的背包客包括政要前来打卡。一会儿,她又面对主舞台发思古之幽情,问是不是之前这里有"开元盛世"主题雕塑群,又问被拆掉的群雕里站得最高的人是谁。辛实戴大吃一惊,说自己不记得了,应该是李世民,忙又说不是。索娃娜笑着说:噗,亏你还是本地达人。噗,你不是这达人,你是北京人。

辛实戴说他不是这达人,但也是这达人,并给她讲了个笑话。说这里刚修建起来的时候,灯饰安得异常拥挤,晚上灯火齐发时照得人浑身不舒服,老百姓讥之为"大唐灯具城"。有关方面听到群众呼声后,立即做了纠正,才成为现在的样子。索娃娜笑说这个故事有意思。两人说说笑笑,沿曲江唐城墙遗址公园朝东走去。

唐城墙遗址公园在大唐不夜城南500米,夹在雁南二路和雁南三

十一、爱心大宝贝

路东西向平行的两条城市道路中间,是唐长安城南城墙所在地。整个景区城垛累累,花木葱茏,健身设施齐备,又有唐诗苑、雕像、茶馆和篮球场等区域,传统与现代、人文与自然、休憩与健身融合无间、相得益彰。索娃娜仿佛走进唐代宫苑内外,又如置身天然氧吧和现代化健身馆,不禁感叹:哇……这样的地方只有长安有啊!

辛实戴突然问:您喜欢猫猫和狗狗吗?

你咋知道?超级超级喜欢!索娃娜轻盈一跳,缩在辛实戴面前挡住他的去路说,仿佛要将自己变成小宠物。

辛实戴被逗笑了,说:那,肯定是喜欢孩子咯。想与孩子玩吗?

必须的呀!

我带您去找!辛实戴说,走,去前面曲江池。

两人沿唐城墙遗址走到东南角的中和广场,来到曲江池遗址公园西口。曲江池,又名南湖,兴于秦汉,盛于隋唐,阅古城千年,是中国古代风景园林之经典。所憾唐末毁于战乱,到2007年7月才重建。曲江池遗址公园彰显秦汉雄风,传承隋唐源脉,是历史盛景的完美再现,也是西安"皇城复兴计划"扛鼎之作,被誉为人文西安、古今融合、人与自然和谐的建设典范。

极目烟波浩渺、花木葱茏、游人如织的南湖,索娃娜想顺时针逛,奈何那边没有车道,她问孩子在哪。辛实戴没想到她这么爱孩子,抛却眼下美景要先去看孩子。于是几人上车,朝正北开往西安广电大剧院东门口的朝鲜领事馆方向。

隔着玻璃和花木,朝东看到一大片芦苇丛之上绿色洼地之下的开阔绿地。那里,各式各样的儿童器械上全是孩童,欢声笑语、嬉闹追逐声灌耳而来。再看游戏区外,黑压压一大片"低头族"——照顾孩子的家长和围观的游客,都拿着手机低头玩着。索娃娜心早飞了过去,喊着

101

停车,第一个下车,健步如飞地跑去,辛实戴追着她跑。两人通过高大乔木树影下的绿植区,踩着崭新、柔软、高级的红色塑胶甬道,又穿过一个较宽阔的蓝色塑胶区域,跑到地上铺设有厚厚的各色塑胶的儿童游乐器械前。儿童活动区人声鼎沸,各式高高低低的攀爬器械、秋千、滑梯上,孩子们无拘无束快活地做着各种游戏、运动;大人们或担惊受怕,或蹙眉紧盯,或开心欢笑,大多数则拿着手机抢拍着他们的心肝们玩乐的瞬间,晒着朋友圈,发着抖音、今日头条。索娃娜走上用红色塑胶铺设了的地面,软绵绵的塑胶区域,正好保护可能摔倒的宝贝们。塑胶区的边儿上是便利店和饮料消费区,卖全运会吉祥物纪念品的、卖小食品的、卖各式玩具的、卖雪糕甜点的、卖茶饮爆米花香肠简餐的,各自张罗着生意。孩子们玩得热火朝天。但整个活动区荫翳蔽日,凉风徐来,清爽宜人。

辛实戴站在索娃娜身后,孩子们的欢叫使他忘了烦恼,渐渐忽略了周围的一切,等他再看时,早不见了索娃娜的身影。他跑到几个器械上和周围的人群里找寻,都没人。他掏出手机打电话,不接,就不觉心慌起来,额头上沁出汗珠,反复在几个器械活动区的地面上找寻,都一无所获。没办法,他又拨手机,还是没人接,便急忙跑回车上找。司机正在看全运会,说苏炳添跑了9秒95,超过了奥运决赛成绩,又问为什么索娃娜没回来。他说:我把她丢了——我俩走岔了!

司机问明情况,两人反身去找,却见索娃娜毫无违和感地混迹在一群娃娃当中。辛实戴问为啥他刚才没发现鹤立鸡群的她,她笑语:哈哈,你眼睛小呗!不是,是我给小不点买吉祥物去了,又陪小家伙去了趟洗手间。

辛实戴直夸她是铿锵玫瑰、爱心大使、爱心大宝贝,问接下来咋逛。索娃娜开心地说:听你的。

十一、爱心大宝贝

几人由北朝南逛,在芦苇小溪边左右交替观览。右边就是刚才的儿童游乐区,远离娃娃们的欢叫,沿着水漫石面的小桥来到左边,依次观"元白"信马悠行、赏汉唐曲江流饮、听竹林幽幽琴声、看盛世乐舞百戏。周围环境古雅、大气,流水淙淙。索娃娜兴致勃勃,面带虔诚。

辛实戴指着景点的黑陶秦俑雕塑和黄铜色标牌,如数家珍地娓娓道来,向索娃娜讲起长安八景之一——曲江流饮。据说,汉唐时曲江池是一处极为富丽幽美的园林,两岸楼台俨然,宫殿林立,绿树环绕,水波浩大。每当新科进士及第,主考官甚至皇帝总要在曲江赐宴。新科进士在这里乘兴作乐,放杯至盘上,放盘于曲流,盘随水转,转至谁跟前谁就执杯畅饮,并趁酒吟诗。久而久之,"曲江流饮"遂成盛事。李白、杜甫、白居易等都曾到此一游,留下脍炙人口的诗篇。

索娃娜听罢,心生敬畏,半响没说话。辛实戴知晓了缘由,开玩笑道:瞧您!敬畏历史、敬畏长安,您敬畏得过来吗?

敬畏不过来也得敬畏……这是我的乡情孝心!我脚下的秦砖汉瓦、面前的尘埃纤毫、顶上的空气祥云、周围的野草鲜花,都值得敬畏!索娃娜感慨道,不是吗?勿因繁多而不敬畏!

辛实戴听罢一惊,知道她不仅善良,而且有信仰,对她暗生敬佩,反思起自己之前司空见惯的冷漠和不敬来。

辛实戴引导着索娃娜沿石桥折回左侧,寻访"杏园探花",而后穿曲江池北路涵洞向南,逆时针信步曲江池畔。但见草坪倚势堆叠,花团锦簇,竹林和树丛的一角露出重檐叠屋,池水空廊潋滟,鱼翔浅底、鸟击长空,白云从顶上飘过,丹桂宜人,好一派湖光山色;若是晚上,灯光湖影树姿交错,另一幅人间仙境氤氲周遭,便会恍如幻境、疑为天堂。

索娃娜举目远眺湖心仙岛,只见波光中依仙岛而设的荷廊恰似一朵盛开的水莲花,旁边凭空喷射出几十米高的水柱,是被挡住的石雕巨

103

龙喷出的。游目远去，又见酒旗招展，阅江楼在曲江池南岸的柳色掩映中隐隐浮现，似在招呼游人快步前往，而重重柳堤、香花和池水却使人恋恋不舍、裹足不前。辛实戴知道路远，问索娃娜要不要坐车或乘游艇前往。索娃娜道：噗，那岂不"饕餮"了一路盛景！

于是两人沿池岸的环路南行，左边是一池秋水，右边是半城小丘、奇石、花木、楼宇以及数以万计的游人。未几，索娃娜发现藏在林中的几处院落，便惊喜地跑过去。庭院深深，疏落的古松、挺拔的银杏和虬曲的槐枝掩映招摇，成就了一处疏林人家。其实是艺术人家，九栋两层楼的唐式建筑，分别以词牌取名曰风入松、浣溪沙、浪淘沙、满庭芳、水调歌头、临江仙、念奴娇、忆秦娥和水龙吟。索娃娜直夸"宝地，有艺术范儿"。如果运气好，还能看到秦腔、皮影戏表演，也有凤翔泥塑、马勺脸谱，可今天不成。附近还有座小型博物馆，展示着曲江的考古遗存，那些从新石器时代一直到明清时期的文物，诉说着曲江几千年的盛衰。

穿过树林，林子茂密而别致，奇花异木葱茏掩映，透过花木可见水鸟在湖面上嬉戏、啼叫，循鸟语而去，不觉已到曲江亭。是设于池边的两层楼的仿古亭台，临亭远眺，池面碧波如镜，与东面W酒店晶莹的蓝玻璃立体建筑及半坡花木融为多面体。一会儿，湖面被清风掠起一层层细细的涟漪，涟漪随风荡来，似荡入游人心田里。索娃娜不觉歌兴大发，唱了一曲《绿叶对根的情意》，引得大伙儿一片夸赞。特别是她对半音的拿捏、对高音的把握和演唱时的真情流露，很出乎辛实戴意料，让他更把她看到了心里。没一会儿，索娃娜的唱歌视频霸了屏，网友夸她有爱心，家长们则惋惜她是"别人家孩子"。须臾，几个老人亦高吼起了秦腔《下河东》，激昂的曲调应和着暖暖日光下的潋滟水波和现代化建筑的玻璃反光，似乎连江滩水声、水里的生灵们也在回应他们的欢愉。

十一、爱心大宝贝

几人漫步走过水上木廊——柳桥,来到阅江楼。瞻仰一番,索娃娜突然对着残荷问:听说有个大唐爱情谷,在哪?

辛实戴右手指着东北面答:喏,就在前面,不远!

速度!索娃娜招呼司机开车。

辛实戴一边朝车前走一边解释:沿曲江池这一圈,除了大唐爱情谷——寒窑,还有那湖心烟波岛、云韶居等,都是胜景哪!

天光不早了,别的都"饕餮"掉!索娃娜果决道,大不类于前。

两人上车,车子绕湖徐徐开过。突然索娃娜惊叫:哇,一片红,剪纸、寒窑——大唐爱情谷耶!

看时,已行至曲江池东畔寒窑北入口。司机即停车,几个人下车去观览。

夕阳斜射出万道金光,正好燃烧了东边的寒窑,幻化了公园入口北侧崖壁上雄伟而壮观的世俗爱情故事的雕塑墙,梁山伯祝英台、罗密欧朱丽叶等家喻户晓的世界十大爱情故事在火烧云里霍霍燃烧,点燃了游人们对美好爱情的执念,也让索娃娜柔情万千。几个人沿饮马池步入,走过人影散乱的"在水一方""许愿池",来到鹊桥的北侧。辛实戴道:这可是王宝钏苦守寒窑十八载故事的发生地呀!说着就去买票。没想到,这里早免费对外开放了。

几个人去逛寒窑遗址,像钻地道一样,随着摩肩接踵的人流看了22孔窑洞。这里既有场畔、石槽、簸箕、油灯、纺车、瓦瓮、笤帚等王宝钏贫寒时用品的展示,又有现代高科技声光电的影像如电影、短片、幻影成像等的演示,令人为贫寒坚守的贞洁感情动容。一圈下来,索娃娜对传说中的寒窑故事,已十分了然。

看罢,索娃娜默然。几人去金地广场吃消夜,让她点餐,她直摇头。饭上桌后,她依然魔怔着,半天才说:君不来,我不老,寒窑十八年真好。

十二、西北有高楼

第二天,两人去逛唐朝时的长安城两大市场:大唐东市和西市。

先去大唐西市。西市是当时世界上最大的商贸中心,也是现今唯一在唐长安西市原址上再造的盛唐文化、丝路文化国际商旅场所。索娃娜很感兴趣,事先做了攻略,用自媒体全程直播,他们依次游览和直播了博物馆、非遗区域和胡姬酒肆。结束时已10点多钟,不到两小时的直播,圈粉无数。索娃娜自是很兴奋,问:哎,皇城哥,"东市买骏马,西市买鞍鞯"……东西东西,买东西,西市已逛,东市在哪?

您听好咯,那是在东关,兴庆公园西侧那一片儿,听说正在规划、动员拆迁呢。辛实戴道。

那直接经过一下,扫一眼就成。重点去逛、去直播兴庆宫公园吧?

辛实戴高兴地说:OK,别人家孩子,正合我意。

几人驱车穿环城南路而东。辛实戴注意辨别着西安交通大学以西、西安铁路局以北的区域,到交大东侧经九路西南角时,朝右边偏头

十二、西北有高楼

说：瞧瞧，就这一片儿。南北长约千米，面积不到 1 平方千米。两个市虽说都是商贸重地，但西市明显是国际性的贸易市场，东市则由于靠近兴庆宫，周围是皇室贵族和达官显贵的宅第，所以经营的多是奢侈品。其实，怎么说呢？这老早呀，交大校园就建在东市东街的遗址沿沿上。

西北有高楼，上与浮云齐。原来赫赫有名的西北第一楼西安交大就在这儿呀，不知咱能不能进去逛逛。

辛实戴只好说：不巧得很，现在这情况，不事先预约，大学不好进。不过，我可以转一篇文章给你，以后看看。

随后几人乘兴去游园。

兴庆宫位于长安外廓东城春明门北侧隆庆坊，为西安主城区内最大的城市遗址公园，年接待游客约 800 万人次。为迎接"全运会"、提升公园整体功能，年初以来对园区进行了半年改造。在索娃娜眼中，这园就是个宫殿，但见宫门威严，楼宇崔嵬，花红柳绿，水波潋滟，游人如花团般锦簇。她对满园的柿子也颇感兴趣，辛实戴"偷着"给她摘了两颗，怂恿她去啃橘红的大柿子，满嘴的生涩让索娃娜吃尽了苦头。辛实戴见玩笑开大了，只得惩罚自己也啃了一口，并故作惊怪道：看起来不错，吃起来不咋的，我看，得暖暖！

索娃娜这才大笑，说自己压根儿就没啃。辛实戴怎么也没料到大飒蜜这么鬼，反而骗了他一个大老爷们儿，他一下子来了兴致，撵着要惩罚她。两人在沉香亭、李白醉卧像周遭追逐着、打闹嬉戏着，笑声回荡于蓝天白云间。

午饭时，《西安人的歌》的手机铃声响起。辛实戴拿手机一看，机警地朝远处紧走几步，这才去接：没什么，就瞎转转……不瞎转能干吗？不是不让我多想吗？……什么……该想的还得想。那成……经费没问题……人有专车，又不花咱家银子……成，我一定抢着花钱……不是，开咱们车？自驾？得嘞……一定得我开车,一定尽力……回见!

辛实戴挂了电话,吹着口哨往回走。索娃娜瞅着他,意味深长地问:咦,什么情况？你女友的电话？

您放宽心,没有的事儿!咱换辆车,我给您当司机,成吗？辛实戴笑着说。

索娃娜高兴道:噗,你是老司机吗？同意,让梁师傅休个假,歇歇吧。

没一会儿,郑总殷勤地送来卡宴。两人告别郑能亮,打发了司机,索娃娜开心道:喳,上车!去看我的最爱"东方宝石"朱鸟。

您听好了,鹮,朱鹮的鹮!辛实戴仔细解释,这朱鹮,是东亚特有的国际保护鸟儿,曾绝迹17年。1981年在陕西洋县发现七只,经过悉心繁育,现增加到八千多只。

香车美人,秋水长天,两人风一般驱车赶往汉中洋县的朱鹮自然保护区,到时已下午4点。索娃娜问:哎,这地方为什么叫汉中？

辛实戴觉得这问题问得好,想这妹子不仅有颜值,而且有脑有心,便思忖一下,郑重作答:您听好咯,我是汉族,我讲汉语,我写汉字,我们有过一个伟大的王朝——汉。明白吧？汉中这地儿,就这么叫的。

明白。那咱们赶紧去看朱鹮,我来扫微信!

哪能让您一直花钱!辛实戴客气着,您甭把自己不当外人儿,这不,您是外宾嘛。

售票处,索娃娜和辛实戴竞相举着手机,争抢着扫码付款,好一阵子相持不下。女售票员看得不耐烦了,忍不住道:游客注意,游客注意!别拥挤!两口子争什么争？谁出钱不都一样吗？这里不是秀恩爱的地方,先付钱!下一个。

索娃娜被说蒙了,辛实戴趁机递上钞票,售票员接钱、递票、找零,

十二、西北有高楼

道:两张,找 40。下一位!

拿上票,两人来到检票口排队。辛实戴递给索娃娜一张票,红着脸解释道:呃呃,女同志不明白情况儿,您别往心里去啊!

索娃娜开心地接过票,走进保护区大门。

这时,几只朱鹮从眼前的浅水区掠过,游人惊呼着追逐而去。索娃娜和辛实戴举目而望,索娃娜惊呼:啊啊,神鸟!快……拍!发抖音!

开阔的浅水区水草丛中,一行长腿朱鹮轻盈地从眼前"噗噜""噗噜"低飞过,那么舒展、那么优雅、那么圣洁,索娃娜真想拥其入怀,真想与朱鹮一起飞。看到朱鹮,辛实戴蓦然想起索娃娜也是长长美腿傲人,不禁笑起来。索娃娜察觉到他的细微表情,意欲较真,却再次被朱鹮那高邈美丽的姿态吸引,拉着辛实戴追着朱鹮漫山遍野地观赏,比心拍照,发微信、微博、抖音、今日头条。直到闭园时,他们才在保护区工作人员的劝导催促下,依依离开。

夜幕降临,三国大酒店门前,车子停下。两人走进大厅,辛实戴径直走向前台登记。索娃娜坐在休息区等待,与粉丝互动,她那篇《西北有高楼》的抖音,有了 10 万+点赞,高兴得她嘴里直喊:哇哇,西北有高楼,上与浮云平,上与浮云齐。

这边,女服务员热情地问辛实戴:先生,您登记什么样的房间?

标间两间!

不好意思,先生,标间没了。

那就豪华双人间。

也两间吗,先生?女服务员拉着鼠标看一下电脑屏幕,道,不好意思,豪华双人间也没了。

还有其他的吗?辛实戴有些不耐烦。

请稍等！总统套间有。

几套？辛实戴咬牙问。

两套，先生。

成！辛实戴面有愠色。

先生，两套一万八，打六折，一万零八百元整。您确定吗？

辛实戴没有接话，连忙走远，掏手机打电话，没打通，就又走回来，对服务员说：那订一套吧！说着递钱上去。

服务员没有接钱，却说：请出示身份证！

辛实戴递上身份证。服务员看身份证，在电脑上输信息，而后还回身份证，道：请收好您的证件！请问，先生有卡吗？

辛实戴终于忍不住怒吼：钱都不管用吗？

对不起！服务员收了钱，递上房卡，您的房号616，请收好卡。三国大酒店欢迎您！祝您住宿愉快！

由于只登记了一间房，辛实戴一直赖摸在索娃娜房间不走。直到时针指向凌晨1点，套间里依然灯光明亮。索娃娜坐在床前打盹，辛实戴坐在椅子上，没话找话：嗯……对，明天我会给您惊喜！

索娃娜打着呵欠道：啊啊，你今晚就给我！

对不住您，我的惊喜不是在房间给的！辛实戴自觉失言，忙解释，我意思是，宾馆里没有金丝猴。

索娃娜想，什么乱七八糟的？便打着呵欠沉沉倒下，说：那……等宾馆有金丝猴吧！

索总，兴许是我没有表达清楚！

没事儿，睡吧，关上门！索娃娜侧一下身子，猴子也该睡了，嘻嘻。

辛实戴打着呵欠：飒蜜，我可不可以问一句……

索娃娜仰面朝天花板，闭上眼说：说吧！

十二、西北有高楼

您要是找男友的话,是不是一定不能是汉族?

没劲儿,睡吧!关门!索娃娜扭灭灯。

可爱的姑娘,她自己也不明白,为什么毫无畏惧地与一个认识并没多久的男子同处一室。深更半夜,孤男寡女,难道不会有事吗?难道她已经麻痹到连女孩儿家这点天然防备心都没有的地步了吗?非也!可怜的姑娘,她是要跟心走一回。如同之前她拒利亨于千里之外一样,现在她和辛实戴一起,都是真心真情使然。可爱的女孩,虽然她终日被粉丝和男人星星一样月亮一样地捧着,但到底没有学会违心说话违心做事。现在,她并不觉得自己的这种行为有什么龌龊之处,而他,她认为也不是什么龌龊之人,而是她的"上与浮云齐"的"西北第一楼"。男追女隔座山,女追男隔层纱。她最终下决心扭灭了灯,试图让那绵软混沌的黑色空气消弭她与眼前这个笨男人——她觉得世界上的好男人都很笨,只有坏男人才精明——之间的距离,撕破那层"纱",让他俩真正在一起。

辛实戴眼前一片漆黑,脑子里混沌不清,鼻孔里索娃娜的体香使他头晕心慌,他慌忙退出房间,带上门到了外间。灯光昏暗,电视正播放广告,使他莫名想起小时候烂熟于心的一句广告词:清嘴含片,想知道"清嘴"的味道吗?辛实戴长出一口气,关了电视。他躺在沙发上,闭上眼睛回想刚才的情景,还没想明白,就听索娃娜开门走出。她一愣,问:怎么……你还在?

对不住,我这就走!辛实戴仓皇起身,离开外间,苦笑着道,晚安,别人家丫头,比心美少女。

晚安,我的"西北第一楼"!索娃娜道,将门关上,头抵门框半天不动。她觉得自己刚才好唐突,完全失去了一个姑娘家应有的矜持和尊严,现在不知他会怎么想她!她回到床上辗转反侧,没头没尾地想来想

111

去。她想到利亨，那个与她交往多年的男子，在她心里似乎有些厌倦，即将成为过去式了。分别以来，他很少给她打电话，而她也没有主动联系过他，连短信、微信、QQ留言也没主动留过。奇怪的是，她没有一点痛苦和后悔，只是有点自嘲她与他的这几年——多么对不住那几年的好时光呀！她也想到江雪，想到她的网友"仰望星空"，以及那个冷不丁就联系一下她的小说家巴老师，她没想到，他的散文她也喜欢。这些人也许只是她生命中的匆匆过客，甚至连过客也算不上，如果她要长久留在中国，也许她会联系他们。这样想时，她觉得自己始终没有绕开刚才离开的那个男人辛实戴，他是离自己最近的，又是最高不可攀的。她刚才已经自毁玉女形象，还指望自己接下来会有什么好运气呢。她觉得好烦闷、好无奈，无奈地想到一句话：命里有时终须有。

再看辛实戴。

他从六楼索娃娜的住处出来后，在走廊里徘徊良久。清夜的走廊，空空荡荡，有点瘆人，只听到顶上灯管发出的吱吱声。辛实戴来到宾馆一楼消费区。

没有灯光，借着夜光，半天他才找到一个可供休息的沙发，摸索片刻，终于惴惴不安地在一张长沙发上躺下。沙发很软很舒适，他抱个散发着馨香的靠垫，四肢长展地平躺下。好舒服！真想就此睡去，消解一下劳顿，可身子歇息后，脑子却兴奋起来。他首先想起索娃娜，这是个纯洁的未更人事的女孩儿，一眼就可看出。令他始料未及的是，小姑娘刚才似乎默许了他和她共处一室。他必须向天地良心表明的是，他之所以只开一间房，是因为囊中羞涩，付完房款后已经所剩无几。所以他想赖在外间囫囵一觉到天明，不想被她"驱赶"出来。他不怪她，她并不清楚他的拮据，相反，她以为他比利亨还土豪，甚至怀疑他金屋藏娇，说他家比克里姆林宫还大。想到这里，他不觉笑出声来，笑声被清夜的

十二、西北有高楼

寂静放大而招来了保安。男保安道:先生,演恐怖片呢?请不要在这里休息!

辛实戴一惊,翻身起来,随口撒谎:对不住,我等客人呢,等客人!

保安见他没有离开的意思,又要开腔,辛实戴只好起身走出酒店。

来到街上,漫无目的地顺着大酒店左侧的城中村而去,他花50元在山居招待所住了个单间。洗完澡,辛实戴重重躺下,翻了几次身,调整好睡姿,准备睡去,突然想登录另外一个微信号看看。他登上微信,有许多留言,其中一个叫"诗仙陪练"的发来一条抖音,打开一看,抖音竟是他下午追逐朱鹮的画面!他一下子跳起,跑出招待所,跑出城中村,跑入三国大酒店,跑上六楼,跑到索娃娜的总统套间外,抡起胳膊要去捶房门,手背快要触及房门的当儿,举到半空的拳头却停在那儿。他虽然几乎百分之百肯定索娃娜就是网友"诗仙陪练",可他脑中还是冒出另一种声音:索娃娜不可能用两个微信号,这视频必定是她发给她好友"诗仙陪练",而"诗仙陪练"又发给了他。于是,他身心松弛下来,悻悻地回到山居招待所躺下,给"诗仙陪练"留言问:您在哪儿?怎么还不睡?

对方回:你在哪儿?也不睡?

辛实戴自拍一张空镜照,附言:我在家里躺平。

对方回:我在和诸葛亮女儿打牌。

无聊,辛实戴鼻孔里冷笑一下,翻身安然睡去。

十三、我真服了你

清晨,辛实戴早早醒来,忙起身去洗手间洗漱、理容,却怎么也抚不平那蓬乱如干莎草样夈着的头发。于是乎他垂头丧气地奔向宾馆。到宾馆,首先去了一楼洗手间,准备将自己卷曲的长发清洗后用梳子梳整齐。可面对镜子时,发现头发竟不那么夈,也不那么卷了,许是被朝雾打湿的缘故吧。他吹着口哨去六楼与索娃娜会合。

敲门时,索娃娜尚在梦中。一会儿,她揉着惺忪睡眼,穿一件超长的藏青色短袖,光腿而出,短袖中间一个六角形洞,露出蛊惑的眼睛样的肚脐眼,辛实戴一下子羞红脸,忙背头避过她的眼光。索娃娜却挨过来,体香困扰着他,关切地问:哎呀,啊啊,你头发咋这么乱?没睡好吗?

挺好的!辛实戴尽量掩饰,我睡得晚了一般会醒来早,就想喊你早起!

快!索娃娜招呼,去洗个澡,梳梳头理理容吧!

索娃娜在外间沙发上斜躺着。辛实戴便一头扎进里间去洗澡,重

十三、我真服了你

新刮脸刷牙梳理一番。一会儿，他面目一新地走出，索娃娜坐起，端详一下，神气十足地开心道：原来，男人是"欠收拾"的。看来，本姑娘也得替某人打扮打扮。说着，得意地走进洗手间自个儿洗漱去了。

半小时后，两人去吃早餐。餐罢驱车前往小终南山风景区。

小终南山风景区在秦岭南麓崇山峻岭的褶皱里，是国家级风景区，有原始森林百万余亩。景区内层峦叠嶂、沟壑纵横，牛羊欢叫，牧歌悠扬，游人络绎不绝，有"陕南九寨沟"之称。两人驱车从宾馆先到南郑县大河坎镇，行十几公里到达县城，再沿着宽阔路面畅行，不久就进入蜿蜒险峻的山路。山高林密，坡陡弯急，路面窄而坚固，车辆较少，一路畅行一个半小时，经过一个乡一个镇后，便到达目的地。索娃娜下车，仰头贪婪地呼吸着新鲜空气，洗肺洗心，而后直奔售票处。辛实戴囊中羞涩，假意客气一番，让她掏了腰包。

景区内景观奇特，河水清澈，飞瀑纵横，清爽而美丽；石景则或别有洞天，或参差危岩，尽皆鬼斧神工。只可惜游玩两小时就结束。出景区时，索娃娜突然问金丝猴何在。辛实戴这才恍然大悟，说是走错了地儿，应该去佛坪，而不是现在的小终南。时间已是中午，索娃娜有些失望地耷拉着头，辛实戴喊她去吃这里的名吃八大碗，她都没有兴致。最后，他建议去勉县看诸葛祠和定军山，第二天再去佛坪看金丝猴，索娃娜方才高兴起来。

勉县武侯祠距今1200多年，是全国最早，也是唯一由皇帝下诏修建的武侯祠，故有"天下第一武侯祠"之称。走进武侯祠，庭院深深，建筑雄伟，名人题字众多，索娃娜却被那汉柏、汉桂、旱莲、银杏等古树名木吸引。旱莲是世界稀有花木，为汉中市市树。而那棵汉柏，据说已有1700年树龄。索娃娜边看边感慨：呀，我觉得奶奶口中的三国两汉太厉害啦！

那是！汉中是两汉三国文化主要发生地。

在这里建诸葛古镇,是大功一件。

没错儿,"功盖三分国,名成八阵图",说的就是诸葛孔明诸葛亮呀！辛实戴道。

我昨晚梦见诸葛亮啦！

辛实戴一愣,想起了网友"诗仙陪练",就又试探道:可不,您昨晚还和他女儿打牌了呢！

噗,你咋知道？索娃娜惊问。

你微信里说的。辛实戴说,实话告诉您吧,我是"仰望星空"。

索娃娜一听,愣半天,然后激动地上前抱住辛实戴:呀,你就是"仰望星空"？怎么,你也有两个微信号？我们认识5年了！

没错儿,我们是网友！辛实戴拉着索娃娜抡圈儿,欢呼着,您不是别人家孩子,您是我网友！

何止！我们是走心的朋友！索娃娜摁住辛实戴胡子拉碴的脸,长时间瞅着。

两人一时感慨不尽,开心地去往定军山。

定军山位于陕西省汉中市勉县县城南5公里处,为三国时期古战场,有"得定军山则得汉中,得汉中则定天下"之美誉。三国时,蜀将黄忠曾在此击杀曹魏大将夏侯渊,因此,索娃娜对这座山超级感兴趣,加之方才得知辛实戴就是她聊了几年的网友,游兴自是倍增。后来又得知武侯墓在山上,擅长运动的她更是喜出望外,非得登顶眺望一番不可。辛实戴告诉她,中国第一部电影《定军山》说的就是这儿发生的事。索娃娜惊喜连连,赞叹汉中全是历史。辛实戴就又说:您还别说,我是汉人,我讲汉语,我写汉字,我国有个伟大的王朝——汉朝,汉朝有个非常重镇——汉中。索娃娜怔怔地听着,佩服得五体投地,说:你能

十三、我真服了你

不能别这么赞！两人手挽手上了山。

突然,辛实戴《西安人的歌》的手机铃声响起,他连忙走远去接电话,道:大爷的,断粮啦,没钱……昨儿晚上睡城中村了……成,我给你卡号,你转微信也成。嗯……嗯……挂了……什么？我的信？新加坡来的？……苟宁宁我看她有病,都什么年代了,还写纸质信！好嘞……明晚大唐不夜城见。

下山后,辛实戴要带索娃娜去泡温泉,索娃娜欣然答应。回到宾馆,辛实戴知道卡里已经有钱,开了两间房,早早休息。

第二天一大早,驱车直奔佛坪。

佛坪县地处秦岭南麓,在陕西省汉中市东北部,素有"大熊猫故乡"之美誉。三小时后,来到县城一处农家乐,索娃娜品尝到佛坪三香、粉皮腊肉、神仙豆腐等美食,大呼过瘾。稍事休息,二人驱车赶往佛坪大坪峪景区。沿路青山绿水、溪流潺潺,五颜六色的花儿送来清爽香味,松鼠兔子不时闪面做着鬼脸。索娃娜置身于大山和朋友身边,全然放空身心,觉得这也好看那也神奇,这也想拍那也要照,似乎纵然再多生出几双眼几只耳来,也还是看不够听不美。从停车场走出,经过一小时左右的攀爬,便到达了金丝猴峡谷。前边一座石山,上书"猴山"两个红色大字。两人随人群走向前,辛实戴不断张口打呵欠。

索娃娜瞅瞅辛实戴,不无嘲讽地笑道:大哥,你的惊喜是不住张口、呵欠连连吧？

辛实戴神秘道:心急吃不了热豆腐！

哥,你要给我吃豆腐？索娃娜似乎更不得要领。

不不！辛实戴强忍着没笑出声。

那,你要吃我的豆腐？

辛实戴捧腹大笑,笑得死去活来,半天才喘着气说:啊哈大妞儿,我服了您。说完唱起了《猴哥》——

> 猴哥猴哥,你真了不得
> 五行大山压不住你
> 蹦出个孙行者
> ……

索娃娜痴迷地感受着辛实戴情绪饱满、豪气冲天的演唱,禁不住打着响指夸道:唱得真好,真有精神!

辛实戴努着嘴继续唱——

> 紧箍咒再念,没改变老孙的本色
> 拔一根毫毛,吹出猴万个
> ……

他边唱边挥手,夸张地指向猴山。刹那间,数不清的猴子争先恐后地爬上猴山,蹦跳着、嬉戏着、嘶叫着抢夺有利地形。

画风突变,游人哗然,惊喜尖叫。

索娃娜也是惊诧莫名。但见一只灰褐色、留着"披肩发"的漂亮猴子背对游人,不动声色,似乎已经悠然入睡。工作人员介绍说那是"猴王",外号"猴柳精"。索娃娜想,难怪那般高高在上、盛气凌人地搞起了行为艺术,为老不尊呀这是。辛实戴摸着索娃娜的头,问:大妞儿乖,摸摸头,惊喜不惊喜?

索娃娜不以为然地反问:辛总,你是说,群猴上山是你唱来的?

您以为呢?

索娃娜拂去辛实戴的手,道:边儿去！猴子是你的歌声弄来的？

话音未落,辛实戴就大喝一声:啊——哦——

瞬间,一山的猴子跑得踪影全无,只留下漫天的尘土,呛得人直咳嗽,游人惊诧莫名。索娃娜尖叫:你到底是什么人？猴子听你的？

不然呢？辛实戴又要摸索娃娜的头。

你真有异术？索娃娜挪动身子不让他摸,不行,我也唱一下——我唱首花儿,把它们引来。

索娃娜开始不管不顾,使劲儿唱起了花儿:

东山的云彩西山里来,
西北风吹过汉中来;
骑马的朋友一溜儿,
哪一个是我的知心人儿？
……

无奈唱了半天,石山上一只猴子也没来。

辛实戴故意嘲笑道:怎么样？一只灵猴也没有。

有游客着急,提醒道:姑娘,快唱普通歌曲。

索娃娜随机应变,迅速用汉语唱:

竹子开花啰喂,
咪咪躺在妈妈的怀里数星星……

可石山上,还是一只猴子都没来。索娃娜泄气地改口,唱:

猴哥猴哥,你真了不得

……

可唱了半天,到底一只猴子也没来。这下,索娃娜有些蔫了。

但其他游客不服气,他们煞费苦心地轮流唱起《猴哥》来,不用讲,都没效果。于是,游客们请求辛实戴唱,以便引来猴子观赏。辛实戴故弄玄虚,嘻哈着拖延着不答应。没办法,游客只好去央求索娃娜。索娃娜转身看着辛实戴,眸子里闪耀着爱慕的光辉,郑重道:辛实戴先生!你,能不能再让我惊喜一哈?

辛实戴得令一般,毫不犹豫地唱:

猴哥猴哥,你真了不得

……

奇迹般地,伴随着歌声,霎时,像一股旋风,群猴欢呼雀跃,卷上石山来。

索娃娜随即尖叫起来,给辛实戴来了一个热烈的拥抱。辛实戴却很淡定,摸着索娃娜的头,问:乖,惊喜不惊喜?

索娃娜连说:惊喜惊喜!我真的服了你!

一般一般,世界第三!

我喜欢你!我以为你在宾馆里哄我哩!索娃娜动情地絮叨着,流下泪来。

我怎么舍得糊弄您?辛实戴也动情道。

一位游客说:呀,一对妙人儿!

大伙儿笑起来。

十四、华夏好苹果

当天下午,辛实戴和索娃娜从汉中回到西安。

正值国庆小长假,西安城内较往常多了很多背包客,大小的五星红旗到处红艳艳地飘扬着,漾得人心潮逐浪高。游人来西安的首选网红打卡地——大雁塔大唐不夜城,入夜时分,人潮汹涌,熙熙攘攘。小孩子们在人群中滑着滑板、玩着玩具车,一次次朝天空放送着他们新买的风轮、吹送着五彩泡泡,欢叫着"喊声控喷泉"、奔跳着"踩琴键"、靠"伸缩墙"……另一边,郑能亮和辛实戴蹲在一起,叽咕着什么。郑能亮放下三个手机,腾出手递上一沓人民币,用阔绰的出手表达着满意。辛实戴理直气壮地接过人民币,问:还有什么"临终"嘱托?

郑能亮摇头,又开玩笑:伙计,对你已经无语。

辛实戴知道老板很满意自己对索娃娜工作的进展,却揶揄道:敢情还是"别多想""别把雀儿吓飞"吧?

别假戏真做!

辛实戴扑哧一声,说:德行,溜了溜了!挥挥手走开。

郑能亮打一下响指,满意地目送辛实戴离去。可他刚一错眼珠,却发现辛实戴突然又出现在他眼前,他好生奇怪,却见辛实戴伸出手道:给我!

给啥?郑能亮颇为不解。

信。

郑能亮这才想起代辛实戴签收的信来,忙从车上取出递给他。接过信后,辛实戴一下子与刚才判若两人,不近人情地连声道谢也没说,就面无表情地离去。郑能亮"喊"一声,也上车走了。

辛实戴走入汹涌的人潮,一直走一直走,最终,停在大雁塔北广场桂花树下的彩灯路灯的光里,这才拆信去看。看信的过程让他一时有些蒙——脑子不够用,一个重点大学毕业的历史学硕士读信竟发生了困难。他看了几遍,看完信,又神经质地拿起信封端详,自言自语:笔迹没变,敢情是毛病越来越重啦!

辛实戴开始拿起手机打电话:喂,他大爷的,她有病!什么时代了都,还搞得这么隆重的。用这么讲究的纸质信戏耍老子哩……什么?我有病?我有什么病!他被对方激怒,一屁股坐在水泥台阶上,脸红脖子粗地要下势争吵,却不料电话已被争吵对象粗暴挂断,发出了忙音。他拿起手机端详半天,骂道:你才神经病!还伙计呢,边儿去吧!随即仰面对天长啸一声:啊——哦——

无疑,骂他神经病的是他的老板兼忘年交——他的伙计郑能亮。

郑能亮乃正宗长安人,曾为省会某机关一闲职科长,因升处无望而辞职下海,在西安发展,做传媒业当了老板,原始积累后又干起了实业。郑能亮辞职前,由于共同的爱好——街舞,他和辛实戴相遇,舞过几次后成为忘年交,郑能亮就热心地介绍苟宁宁给正在西安读中文本科的北京小伙儿辛实戴认识。苟宁宁也在西安读中文,她外表静美而内心火热,又读书早,虽小辛实戴两岁,却已大学毕业。她毕业办户口时,发现自己信息不对,就找相关部门闹,一来二去便与时任科长的郑能亮相熟。郑能亮觉得苟宁宁与辛实戴还比较搭,于是介绍两人认识。见完面,苟宁宁也觉得辛实戴挺好,交往半年,两人就作为恋人确定下关系来。一年后,辛实戴考到西部某大学读研,研究西北民族史,苟宁宁随他去那座城市,应聘到某著名杂志社当编辑,收入丰厚。辛实戴毕业后,在西安找到工作,在大学当辅导员,工资2610元钱,干了两个多月——时值暑假,实际算下来只干了十多天——就辞职了。辞职后他长时间找不到工作,不得已去长安韦曲卖大肉,被著名记者江雪报道,一时成为新闻。苟宁宁为了他,也从杂志社辞去美差回到西安,却也一时找不到合适的工作,又见辛实戴这般不济,只好去新加坡留学。感情无疾而终。那时候,郑能亮的新丝路公司刚起步,养不了几个员工,但他没少动员辛实戴加盟公司,辛实戴却总是一笑了之。"一带一路"倡议深入开展后,西安迎来提速发展,郑能亮的公司火起来,买了畅销小说《丝路情缘》的改编权,打造了大型同名舞剧,一时间人手紧张,就招兵买马。辛实戴的简历被公司人力部门选中,面试终审环节与郑能亮"偶遇",被臭骂一顿后录为核心人员。

今天,苟宁宁的信勾起了辛实戴对往事的无限追忆。他很怀念与苟宁宁的那段时光,苟宁宁特有的女性的随性和温柔是他爱情的最初记忆。读研三年,虽说拿了奖学金,但做课题时为了出国和在大西北做考察,宁宁为他补贴了她工资的大半——这是他现在心里沉甸甸的很大一部分原因。再者,他二十几岁的锦瑟年华是与她一起在那座黄河畔的城市度过的,他还能有几个二十几岁呀?她也还能有几个二十几岁呀?没有了,都没有了。因此,他觉得他怀念过去,感念宁宁,即便是两人现在处于冷战分离状态，也依然有一份深切的怀恋在内心。每当吃起兰州拉面想起那座城市的时候，他就会想起苟宁宁，而他一个礼拜不吃兰州牛肉拉面就馋得慌。突然，一个奇怪念头从他心里泛起：宁宁该不会要嫁给一个那边的糟老头子吧？在出嫁之前给自己写信。一刹那，他脑子里如灌了黑漆般黑暗、滞涨，头痛欲裂，痛苦折磨着他。他翻来覆去地想，怎么想都觉得这封信来得唐突、蹊跷。也许，自己今天真的脑子不好使，解不开他与宁宁的结。

正在这时，索娃娜来了电话，问他明天去陕北可不可以经过甘肃庆阳市的宁县，说那里有"人类第四颗苹果"，他们酒店供过，她觉得非常可口，想去实地玩玩、看看，让辛实戴也尝尝鲜，顺带带点苹果。做策划和创意的辛实戴，之前就听说过这个"雷人"的说法，也吃过那里的苹果，便欣然答应。索娃娜又问他准备好没有，他连说准备好了。其实，他什么也没弄，他这半天就瞎琢磨前女友的事了。他抬头，皓月当空，照着孤寂巍峨的大雁塔，影影绰绰里，传来一声夜游鸟的怪叫。他起身，疾步朝南边华美什字方向而去，边走边唱：

    女人愁了哭鼻子，
     男人愁了闷罐子。

  第二天一大早，司机开车，辛实戴带索娃娜去金辉环球广场吃凉皮，索娃娜吃得赞声连连，也暴露了吃货的真相。吃毕，汽车直接上绕城高速，取道银福高速，奔向庆阳，去看"人类第四颗苹果"。辛实戴提醒索娃娜补个妆，她不好意思起来，一边收拾，一边感激地瞟辛实戴一眼。辛实戴觉得她那一瞟特别炽热，像苟宁宁当初对他最上心时的样子，令他心神摇荡，就说：你是不是又想说，我像您婆像您妈？

十四、华夏好苹果

正是！索娃娜噘起小嘴卖萌。辛实戴腹内一热，索娃娜却说：只可惜，他们都不在我跟前。那个疼我的婆已经没了，奶奶的花儿已永远凋谢！说着忍不住流下泪来。

看着她说话时忧伤落泪的样儿，辛实戴觉得索娃娜很纯真，有赤子之心，他很惊讶很感动，便小心翼翼地安慰：怎么，伤心啦？忧伤别离、生老病死也是人生中不可或缺的一部分嘛。

秋风车影一路伴行，天下起雨来，两人一边隔着车窗玻璃看雨景，一边交心地聊起来。

索娃娜絮絮叨叨讲起自己的家世，讲起她快乐无忧的童年少年时光、残酷无比的体育训练、心力交瘁的排球比赛、匆匆的读书时光，以及与利亨相处的困惑。特别讲了她打球的魔鬼训练、赛前的焦虑、赛场上的压力、输球时的痛心以及奶奶的去世，令球迷辛实戴感同身受。奶奶临终给她留下个老相册和老房契，相册里面的黑白照片记录了旧陕西老西安的风景，而老房契是爷爷留给奶奶的，奶奶离世前特别叮咛索娃娜专意去"老舅家爷的省爷的城"拍新的西安、新的陕西回来，还叮咛她务必去西安回民坊买回他们祖上的老宅子，开祖传的秘制腊牛肉店。她觉得奶奶的这份心思很重、很浓，重得担不起、浓得化不开，便在合同到期后从球队退役，以便尽早专程来西安完成老人家的凤愿。回到西安城后，她才明白奶奶的那个心思，叫作"乡愁""原乡"，是船对岸的依恋，是绿叶对根的情意，是游子对故乡的思恋。"羁鸟恋旧林，池鱼思故渊。"作为网友，辛实戴之前其实了解索娃娜的一些经历，了解她寻祖寻根的心思，但一旦这些经历、这一心迹被索娃娜以特有的伤感味道娓娓道来时，这份沉重的乡愁还是深深打动了他，以至泪点极低的他几次流泪。索娃娜见一个大老爷们儿陪着她抹眼泪，破涕为笑，连骂他矫情，并警告他：噗，这么煽情，小心我收了你！

辛实戴讨饶,却说:你才叫煽情嘞!

你煽情!你讨厌!索娃娜说着用拳头假意捶打辛实戴,并顺势伏在他怀里啜泣起来,一会儿竟睡着了。

望着索娃娜睡着时的奇异美态,辛实戴心里升腾起无限温柔。他觉得他此刻就是索娃娜的奶、索娃娜的妈,给她温暖、给她护佑,给她她要的。

汽车在高速上疾驰,11点钟,路标显示已经到了甘肃宁县地界,映入眼帘的是红彤彤一片:挂满红苹果的果树林,像一片火海,细看,又似树上挂满了一串串小红灯笼,非常漂亮、喜兴,让人想起语文课本里读过的文章《果树园》,那是丁玲作品《太阳照在桑干河上》里的节选。辛实戴本想叫醒索娃娜,又打消了此念,让她舒舒服服休息吧。

他吩咐司机驶出高速去太阳圣火果业公司买苹果。这家果园刚刚进入盛果期,果子品质让辛实戴觉得"是自己有生以来吃过最好的"。他去年推荐给公司,郑总一下子订购了2000箱,将它作为去年的公司福利和礼品。没承想,口碑效应来了,收到礼品的郑总深圳的朋友一下子预购了太阳圣火果业150亩的苹果。下长官高速路口,向南折穿过和盛街道,不久左拐一下,就来到位于南家村的庆阳市太阳圣火现代农业科技公司。陇东竟还是晴天,秋高气爽、阳光透亮,高原的风有点硬,醒目的巨幅广告牌、四周红海绿浪翻滚似的果园、整齐现代的办公区以及忙碌的摘果社员,眼前一切的一切,让辛实戴强烈地感受到农业和丰收带给他的震撼。标语"幸福是奋斗来的"映入眼帘,让人不觉心中充满力量。

尽管如此,辛实戴还是不忍自己下车而弄醒索娃娜,他给司机钱让他去买苹果。隔着窗缝儿,果香悠然飘入,沁人心脾,晴朗蔚蓝的天空也无比高远,苹果果林不高,却密密匝匝、硕果盈枝,一串儿一串儿、一

十四、华夏好苹果

树一树地连成几大区块,多达数千亩。正有几十辆卡车在装果子,头尾接续,宛如一列载满果子的专列停靠在广袤的果园里;数百名包着头巾的陇东务工女社员在卸果子,金黄红亮的果子堆成了小山,映得半边天也亮豁起来。辛实戴真想喊醒索娃娜一起去果园看风景、摘苹果、捉迷藏,疯一回,可听着她均匀的呼吸,看着她沉静的面颊,又忍住了。又过了良久,他冲动地想俯身轻吻她,却见司机抱着几个红绿颜色的果箱回来。他还拿了几个已经洗过的散装苹果让辛实戴吃,辛实戴接过苹果放在座位上的餐巾纸上。司机吃完俩苹果,抬腕看看表说快12点了,发动汽车重新上路。车子朝西峰方向驶去,驶向高速公路。

不久,索娃娜醒来,眯着眼望着辛实戴,又望望苹果,神态像极了辛实戴家的猫咪图图。辛实戴亲昵地拿苹果放在索娃娜的嘴边。索娃娜故意张嘴试着咬了咬,却把苹果弄得滚远了,她伸手抓过那只顶大的苹果,双手捧着苹果边端详边问哪儿来的,辛实戴说不知道,她又问司机,司机故作奇怪地反问辛实戴,辛实戴说了句陕西话:怂管,吃它!

索娃娜将苹果凑近鼻子,闻着瞅着,果子周身暗红里带着细珍珠般的质感果釉,令人对它的甜蜜可口深信无疑。索娃娜看着看着就忍不住咬了一口,苹果被咬出扇贝形的黄白色窝儿来,蜜汁和果肉令人垂涎欲滴。

嗯嗯——好吃!别客气,你自己拿着吃!咱俩比赛,吃慢了就没了哈!她边吃边煽情地说。

辛实戴也禁不住吃起来。他舌尖上曾经的记忆被唤醒,庆阳宁县苹果果然名不虚传,个儿大色艳皮薄,口感清脆,果肉果汁丰富,既甜且脆又香,堪称人间至味。索娃娜一连吃了两个苹果,吃得肚子响起来,却故意道:噗,你肚子响!

辛实戴笑道:狗肚儿响!

噗……你最坏啦！索娃娜红着脸，活像刚才的红苹果，吐槽道，不叫我摘苹果，自个儿偷着去吃禁果！

冰雪聪明呀您！辛实戴道，的确像是吃禁果。您知道吗？人类第一个苹果就是禁果——伊甸园苹果，爱情之果；第二个苹果是牛顿的苹果，智慧之果；第三个苹果是乔布斯苹果，创新之果；这第四个苹果呢，就是甘肃庆阳市宁县的苹果，就您现在吃的太阳圣火好苹果。

好口才，妙妙妙！他们应该感谢你这免费广告，做得中西合璧，神话、文化、科技、农业、爱情全有了。苹果好，没有辛总说得好！

哪里哪里！老实说，我说得哪有这"人类第四个苹果"好，这是种植在地球上黄土层最厚的农业文明腹地的果子，土质、日照、水肥等，都独一无二，科技含量也不弱。

哟，那么厉害吗？那，这"人类第四个苹果"是什么之果呢？索娃娜眼睛热辣辣地盯住辛实戴问。

你说是什么之果？

对我来说是幸福之果。索娃娜道，伸一下腿，坏笑着道，对你来说是禁果。

什么叫对我来说是禁果？辛实戴不觉笑问，觉得这姑娘挺好玩。

你偷着吃……

哟，在这儿等着我呢，我偷？我偷得着吗我？我也没去，纯粹没下车。是司机师傅帮咱家买的。我怕弄醒您——也得看着您呀！

噗……索娃娜一怔，显出很感动的样子，继而若有所思地问，这一路，我都睡你怀里啦？

您以为呢？

那你有没有……索娃娜说着红起脸来。

有。辛实戴不假思索地抢答道。

十四、华夏好苹果

噗……有什么？索娃娜娇羞地捶打着辛实戴的前胸，说你坏，还真是！

敢情您是问，我有什么？辛实戴嬉笑着，是您希望我做的？

不许笑！索娃娜似乎有些真生气，你为什么这么直白？不懂含蓄之美！亏你还是学文科的！

我正要有的时候，司机师傅他来了……辛实戴忍不住哈哈大笑，却实话实说，所以，就没有。

两人一路拌嘴，很快到了收费站，黄河壶口瀑布快到了。

十五、奋斗新时代

　　望着车窗外苍茫的晋陕大峡谷,以及那两岸的壁立万仞、千山万壑,索娃娜禁不住尖叫起来,辛实戴说:这里就是传说中的黄土高原的腹地。

　　索娃娜觉得不可思议,不断顾盼生情地到处看着,不住发着感叹,不住拍照,发微信、微博,又去发抖音——她终于能熟练发抖音了。她显摆地说,西安是抖音之城,你会抖音吗?辛实戴说,我一个研究生玩那个干吗?我教会你发抖音就算使命完成,本人不支持"饭圈"行为。他盯着索娃娜的魔鬼身材和俊俏脸蛋,在心里得意地说:恋爱中的女孩颜值真高,可惜智商太低,对男人没有防备。索娃娜似乎看出辛实戴的想法,问他想什么,他说:我想,黄河会以怎样的方式吓着您。

　　说时,车已稳稳停下,到了黄河壶口瀑布售票亭不远处。几人隔玻璃朝偌大的河床里寻望,微雨中,一大片野晃晃、湿漉漉的黑褐色泥浆河床,目测有十几里长、三四里宽,妥帖地横亘在秦晋大峡谷的谷底。

十五、奋斗新时代

可奇怪的是,却怎么也寻不见黄河的踪影。问之,方知黄河藏在河床中间的冲积沟里,大伙均颇感失望,索娃娜的失望更是莫可名状,明显写在了脸上。最终,他们索性放下敬畏,同别人一样壮胆开车下到石板河床。停下车后,雨停了,他们先吃了点正宗的洋芋擦擦,就径直去寻看黄河。

黄河壶口瀑布为世界上最大的黄色瀑布,因其气势雄浑而享誉中外,成为中华民族精神之象征。天下黄河一壶收,站在壶口瀑布前,尚在失望甚至恼怒中的游客,都被震撼了。只见两岸苍山相对夹峙,中间是千百年来冲击成的三四里宽的巨大河床,河床中央又被冲成深沟,把黄河水聚拢在狭窄的黄河峡谷中;河水激荡着被收为一股,形成硕大无比的马蹄状瀑布链、瀑布群。瀑布涛声轰鸣,水雾腾空数丈,惊天动地,溅得浪涛翻滚,形似巨壶内黄水在沸腾。巨大的浪涛,在形成落差注入谷底后,激起一团团水雾烟云,景色分外奇丽;云雾弥散四溅,朝游人劈头盖脸地打来一股股雾风……

伫立涛头,索娃娜不住尖叫着,直往辛实戴怀里钻,嘴里还哆嗦着:啊……哥……啊哥!

别怕大妞儿!惊艳吧?震撼吧?美景佳人,辛实戴一时热血奔涌,将索娃娜搂紧。

是惊吓,吓死我了!索娃娜挥舞着小五星红旗,不住重复着。

别价啊。黄河是中华民族之摇篮,民族之根,您得拜服才是!

是呀,不到黄河心不甘。哎哥,那是干啥?打着旗帜特好玩的呢。索娃娜惊叫道,玉指一指。

辛实戴这才注意到有单位在进行党员教育活动,就说:他们在搞党建,懂不懂?

是不是要唱歌啦?嘻嘻……索娃娜惊喜道,最好唱冼星海的《保

131

卫黄河》，我的最爱。

辛实戴觉得索娃娜的三观与自己很契合。

但见一个近百人的旅游方队，服装整齐、精神饱满，方阵前西装革履、鬈发的中年男指挥正挥舞着指挥棒，他身后是两个摄影记者在录像……游客一律变成了观众，围观他们表演。团建队员们更加神情庄严，一个中年男子用洪亮的声音朗诵：但是，中华民族的儿女啊，谁愿意像猪羊一般任人宰割？我们抱定必胜的决心，保卫黄河！保卫华北！保卫全中国！

朗诵落音，一位风度优雅、身着红色旗袍的年轻女子领唱引吭高歌：风在吼……

紧跟着，全体雄浑的合唱动地破天而来：风在吼，马在叫，黄河在咆哮，黄河在咆哮，河西山冈万丈高……

索娃娜不由自主地跟着唱。

辛实戴和其他游客也跟着唱。

威武雄壮的歌声伴随着雷鸣般的瀑流声，形成无比雄浑、无比豪壮、无坚不摧的天籁。

余音绕梁，此后的几天里，这鼓舞人心的天籁还一直在索娃娜耳边萦绕，甚至绕进了她的梦。而辛实戴渐渐觉得，领着索娃娜寻亲问祖成为他不可推卸的责任，不仅仅是搞定合同。整个游览过程，除了索娃娜大睁眼睛用心看用耳听之外，辛实戴给她讲了很多，从黄土高原讲到黄河，又讲到晋陕大峡谷乃至地球形成，从自然成因讲到人文精神，又讲到传统历史和革命文化，最后讲到生态和地空旅游。索娃娜被他丰富的知识和幽默的谈吐吸引，不住出神瞅着他，似乎在问：你这脑子是咋长的，咋这么好用？每每这个时候，辛实戴就跟她说"女神经，小心我收观赏费"。索娃娜则说，我是在看你与利亨及别的男人的区别。辛

十五、奋斗新时代

实戴便有些羞赧,报以害羞的微笑说:"有重大发现一定告诉我哦,女神。"索娃娜问他她到底是什么,他说:年轻,有双大长腿,是女神到女神经的过渡形态。

索娃娜假装生气地追打他,两人跑出景区,跑回车里。

两人饿了,去寻吃的。辛实戴依着索娃娜,过黄河去吃山西省一侧的饭,天冷雨大,吃的是羊杂烩和烧卖。吃完,又过黄河回到陕西省,带了小米、大枣、咸徽子、柱顶石馍等。已是下午5点,辛实戴提议去梁家河住窑洞,体验知青生活,索娃娜热烈赞同。

一路沿省道行进。秋收季节,卡车农用车多,车跑不起,看得索娃娜烦心。她突然问:是不是还有个药王洞?

没错儿,那在铜川,还远呢。想去,得明天了。

索娃娜立即说:能不能这样,今晚去什么河体验窑洞,明天起来直接去逛药王洞?

辛实戴说好。

到梁家河时已上灯。陕北天凉。灯光下,怎么望去都是雄浑的山峦和脱了叶子的钻天杨,安谧的小山村处处是石铺路、红色标语和国旗,厕所修得很漂亮。不巧,人满为患,找不到合适的住处,村民建议他俩去文安驿住宿。

他们又乘旅游车折回,驱车去文安驿窑洞宾馆住下。公私合建的文安驿古镇繁华程度堪比都市,似乎处处旅馆店铺和高架桥,更有建成和规划中的多条高速交汇而过,诉说着梁家河文安驿美好的未来。也因此,到处在施工修建,吵得很晚才睡下,等睡下就能听到鸟叫声,真的是幸福伴梦眠。屋里有点冷。虽然可以联系前台解决,但辛实戴还是下床出门去买了电热宝回来,在自己房间充好电,然后捧着热热的电热宝送给索娃娜。索娃娜正冻得睡不着,开门知道辛实戴的用意后非常感激,拉着他的手不放。辛实戴吻一下索娃娜冰凉的手,就将电热宝塞到她的被窝里,转身离开。

两个年轻人一夜没睡,她感念着他的好,他也为她的好而激动,一直到天快亮才都囫囵睡去。

当太阳照到屁股的时候,索娃娜和辛实戴分别躺在自己炕上呼呼大睡。司机起了个早等了个晚,左等右等等不到索娃娜和辛实戴,以为在一起,不好打扰。直等到11点,辛实戴才被施工的噪声和驴叫声吵醒,一看表大吃一惊。

下午3点多,他们才驱车来到铜川市药王山。药王山位于铜川市耀州区城东三里处,因"药王"孙思邈晚年归隐于此得名。此地山势平缓,由南北二山的五座峰聚成,峰顶平坦如台,亦称五台山;山间庙宇鳞比,千年古柏参天,珍奇碑石林立,文化氛围浓厚。花三小时,两人意犹未尽地下山,索娃娜感慨:真是"山不在高,有仙则名"呀!

那是,我也是第一次来。因您而来,谢谢您呀!

客气啦!你能不能别一直"您"的,咱俩都这么熟了。索娃娜回眸一笑,真诚说道。

得嘞,但我早习惯了,又得适应您——适应你,哈哈!辛实戴也诚恳道。

理解,自然就好。索娃娜说,又指指碑牌说,再看看神人药王孙思邈的介绍。哇,他活了141岁耶!

也有说活了165岁,也有说101岁的,据说经历了西魏、北周、隋、唐四个朝代。

厉害,这么高寿,医术肯定高明。索娃娜兴致勃勃。

对。想听他的故事吗?

嗯嗯。索娃娜直点头。

我讲讲他"一针两命"的故事：一次，孙思邈碰到一队送葬人，见棺材后地面上洒下鲜血，忙问缘故。原来，棺材内装的是刚刚难产去世的少妇。孙思邈闻了闻血迹，断定能救活，就开棺给她扎针。很快，少妇苏醒，还生下个男孩儿。

真是神医。我奶奶要能碰到他，该多好啊！

是呀！

哥，咱拍个照吧。

好嘞！辛实戴也早有此意，就找旁边一位女保洁帮忙。

保洁很熟练地拿手机拍照，用陕西腔指挥他们摆拍：好……来！摆姿势，说茄子。

辛实戴和索娃娜面对手机并排侧立，上身互相靠近，四只胳膊举起续着，配合着做出二人比心的幸福优美造型，而后齐喊"茄子"。几声咔咔过后，保洁夸道：呀，你婆姨真会玩，真俊！

辛实戴仓皇道谢。索娃娜一喜，继而疑惑地瞅着辛实戴。

夸你漂亮呢。辛实戴窃喜着解释，这才是比心美少女！

婆姨啥意思？

矫情！辛实戴知道索娃娜经常说这个词，高兴地说，人又把你当我女友了。

噗，别驳女孩儿面子嘛！索娃娜眼睛发亮，自言自语，为什么别人都这么说？难道是命中注定？

你到底能不能嫁给汉族人？辛实戴又回到自己的"心病"上，不由得问。

这很纠结！知道吗？索娃娜生硬道，眼睛灰蒙下来，不过，嫁回陕西是我的梦。我打算在坊上卖秘制腊牛肉，赎回祖产呢！

盖了帽儿。中国梦，陕西梦，你的梦！辛实戴意味深长地说。

135

你的梦是什么？

我的梦是将《丝路情缘》推广到丝路沿线各国。

那只是你的工作而已。索娃娜道，你觉得最浪漫的事是什么？

最浪漫的事是，带着我的女神到药王山，让人家说：你婆姨真俊！辛实戴不假思索道。

神经病！骂归骂，索娃娜却是一副幸福的样子。

呀嘛！你婆姨生起气来更俊啦！保洁阿姨夸奖道，将手机还给他。

道谢后刚要离开，《西安人的歌》的铃声响起。辛实戴走远去接电话，一会儿返回说：索总，我们孙权旺董事长有新想法，咱马上回西安集团公司吧。

三个人风驰电掣，赶回西安时已黄昏。古城又在下雨，迷蒙的雨雾将西安城包裹得严严实实，现代古城变成了水墨江南。上灯了，索娃娜出神地望着窗外奥体中心玻璃场馆和楼宇上的灯火、字幕，花瓣造型的场馆正举行一重一重翻滚变幻着五彩缤纷炫极美极的灯光秀，高楼上正跳跃着"奋斗新时代"的醒目字样。半小时后，车子疾速驰过湿漉漉的南三环，铃声适时响起，辛实戴犹豫一下，接了电话：是，已到楼下……得嘞得嘞……回见。他对索娃娜说，我们董事长孙权旺正在等咱们。

汽车驶至陕西文化大厦楼下，两人匆匆走入大厦。辛实戴向索娃娜解释：南门外是他们传媒公司，这里是集团。

说时，看到迎面郑能亮正在一楼恭候，他热情上前，边握手边问索娃娜：想死你了索总！玩得尽兴吗？

索娃娜高兴地答：很好！谢谢郑总安排！

应该的。索总请！郑能亮殷勤开道。

几人上到16层。电梯打开，索娃娜看到，对面墙壁上写着"全球元宇宙开发平台"字样,随口道:哇——这大口气!

郑能亮、辛实戴故不作声,仨人从右边进入办公区。但见公司前台标志墙上,写着"中国梦 丝路情"红黄字。

大气!索娃娜由衷地赞道,为了我的中国梦,我用双脚丈量过丝路。

请——郑能亮右手朝右指着。三人沿布置着"路在脚下"大幅标语的通道,进入写着"金蝉子"标牌的办公室。映入索娃娜眼帘的是约200平方米的阔大办公室,她对面是由红木沙发组成的区域。靠左,阔大的办公桌后,一个个头不高、20岁出头的秃顶年轻人谦和地打着招呼:索娃娜乡党,欢迎回家!说着伸出手来。

索娃娜上前,两人握手。

郑能亮郑重介绍:这是我们董事长,孙总。

索娃娜顿时尖叫:孙总!哇——这么年轻!

辛实戴插话:我们孙总1998年生的,属虎,处女座。

呀,自古英雄出少年,生子当如孙仲谋,可惜我非午马摩羯女呀!索娃娜顿时热情四射。

索总真幽默!孙权旺引导她朝南边窗子跟前的茶座走来,说,今天咱们"神仙会",不拘形式。

是是!索总喝杯茯茶。郑能亮殷勤道。

大家便十分开心地交谈起来,每个人都尽兴地侃着,似乎忘记了时间的存在。窗外,雨打秋叶,发出泠泠的声响,城市灯火氤氲着湿气,混沌一团。孙权旺站起拉紧窗子,侃侃而谈:总之,索总,我们不仅要让《丝路情缘》舞剧花落比什凯克、阿拉木图、阿斯塔纳、索契、伊斯坦布尔、雅典、威尼斯、罗马,而且要适应流媒体趋势,不断为其赋能,打造《丝路情缘》影视剧、游戏、书籍等衍生品。我们的《丝路情缘》不仅要有第一季,而且要有第二季、第三季……

　　年轻有为的董事长孙权旺一连讲了半个钟头,没人插话。索娃娜听得入了神,不禁道:讲得真好!丝绸之路是我们大家共同的机遇。

　　孙权旺滔滔不绝,完全沉浸在自己的激情演讲中。丝路由来已久,历来具有政治意义、经济意义、文化意义,目前更是一盘破解世界之困的大棋局,牵涉外循环和中国方案的实施、被接受,关乎人类命运共同体和中华民族共同体意识。陕西是丝路起点,甘肃是丝路脊梁,新疆是丝路重镇,罗马是丝路终点,丝路路网上的每一座城市支撑着我们来做大这个事业。并且来说,我们还有北线内蒙古的丝绸之路,更有海上丝绸之路,泉州、广州、扬州、福州、宁波、广西、中国香港、中国澳门、中南半岛等,都是等待我们这个项目落地的处女地……

　　孙权旺正讲到精彩处,索娃娜突然起身,礼貌地说:不好意思,孙总,我出去一下!

　　众人都颇觉意外,辛实戴忙说:潇湘馆。

　　索娃娜悄没声地拿着小包抽身疾出。孙权旺的演讲戛然而止,有些扫兴。几人都瞅着辛实戴,好像他知道什么似的,辛实戴被瞅得不好意思,解嘲道:呃呃,女同志可能特殊情况……

　　孙权旺大悦,竖起大拇指夸道:实戴呀实戴,工作到家了呀!郑总,你考虑个方案,怎么奖励激励,公司特别需要这样的骨干。

　　得把蛋下出来呀,孙总!郑能亮也是且损且夸,我也不希望是"谎谎"——我们家原先就有只母鸡,光罩窝叫唤,就是不下蛋。

　　孙权旺忙摆手制止了郑能亮的话,说他比喻不当没水平。辛实戴不好意思地笑笑,岔开话题:孙总,《丝路情缘》做电影一定好看,我一定攒钱争取进一次电影院。

　　孙权旺听得皱了眉:什么叫争取进一次电影院?

不瞒您说孙总,我3年没进过一次电影院,看电影都是在手机和电脑上解决。

哈哈,那你女友该跑路了!

郑能亮:人已经跑了,跑去新加坡了。

辛实戴支吾着:可最近老给我神神道道地写纸质信,搞得很隆重。

孙权旺一愣,却道:不过,看咱《丝路情缘》电影,不用买电影票就可以看。看完,凭良心付费,计入你的用户信用。咱们要打造中国电影的新模式出来!他说着,豪迈地朝门首挥挥手,像演员在演戏。

刚好,索娃娜神奇地走进来,眼神里透出一丝矜持,却故作掩饰道:小公举(主)我回来咧!

辛实戴见状,忙起身迎上,小声说:厕所在潇湘馆。

怎么会在林黛玉的住所?索娃娜嗫嚅着,转身狼狈走出,高大的身材似乎要戳到屋顶。

看着索娃娜大费周章地又走出,大家都有些尴尬。孙权旺叹口气,严肃地说:我们工作没做到位。定条规矩,小文,文主任,以后来客人,先领着参观咱们办公区,再谈事。他抬高调门喊。

随着他的话音,一个端庄秀气的姑娘从左侧跑入,很大方地站在茶桌旁。孙总道:我的话你听到了吗?你是办公室主任,这个事情抓起来。你去!

这个文气的办公室主任似乎没有听明白老板的吩咐,她那双会说话的眼睛焦急地扑闪着,扫视大家一圈,但最终还是懂事儿地先出去了。

片刻,索娃娜从洗手间回来。孙权旺适时起身,客气地领着她参观公司的每一处:金蝉子、女儿国、火焰山、花果山、水帘洞……索娃娜才明白,这家公司的每一个办公室包括洗手间,都用中国名著特别是《西游记》里的地名命名。而这些名著,都是她小时候奶奶给她讲过的,她烂熟于心,因而现在觉着格外亲切温暖,她不觉暗自叫好,也对与《丝路情缘》这部舞台剧的合作信心大增。于是她问:孙总,具体说说咱们舞台剧和大粮库合同吧!

好!索总快人快语,咱俩办事节奏一样。孙权旺高兴得眉飞色舞。

谢谢!我觉得合同的第一稿改得差不多啦,我们法务已看过。

那就从速确认,往前推进,争取早日定稿签字。

成。

孙权旺道:祝合作愉快!

合作愉快!两人握手。

索总这几天辛苦啦!还有哪儿没去?华山去了吗?

没。辛实戴和索娃娜道。

辛实戴本来要说还有安康宁陕的广货街也没去,大老板却又续上了,说:西岳华山,值得去。实戴你再接再厉,继续照顾好咱们索总。

几人道别,郑能亮、辛实戴等送索娃娜出去用餐。

晚饭时,索娃娜给利亨发微信,可是,直到睡觉她都没有收到回复。虽然有点失望,可她也不怎么放心上,倒是那些与辛实戴发生的事情让她才下眉头却上心头。

其实,从药王山回来后,她就一直在思考一个之前从未想过的问题:一个人应该尽量多帮别人,行善积德。她觉得辛实戴就是这么个人,难怪她觉得他比利亨好呢。可爱的姑娘期待着明天与他一起,不觉甜蜜入梦。

十六、西岳华山行

第二天，他们去了西岳华山。

华山在西安市以东约 120 公里处陕西渭南市的县级市华阴市，南接秦岭，北瞰黄渭，为中国著名的五岳之一，道教圣地。上午 10 时许，车子行至华山车站附近。辛实戴吩咐停车买早点，并神秘地说重点是看关中八景第一景、华山东峰奇景之一——华岳仙掌。掌迹在东北处的仙掌崖上，只有在他们现在所在的位置——车站才会看得真切。可惜，今天能见度一般，索娃娜一半是所见，一半是凭着辛实戴的解说而想象的，她觉得影影绰绰里华岳仙掌五指皆备，宛如人半握半开的拳掌，此时尤显玄妙，于是陡增了爬山的兴致，带着早餐嚷着上车。

不久就到了华山景区入口，两人从小车上下来，上到太华索道专线旅游大巴上。她一边贪吃早点，一边拿着长长的手机自拍器调整角度拍摄。同车的游客好奇地看着她的"寻祖"腰牌。辛实戴看她的吃相，不禁笑道：你真能吃！

可不,年轻,有两条大长腿,有个不错的胃,一个反应不算慢的脑袋,都需要能量供给呀。哈哈,也还得对得住"吃货"这俩字吧!索娃娜满嘴牛肉夹馍,咔嚓一声按下快门,说:发个抖音啊……忙死我!

吃完饭,发了抖音,她才又说:我发了,您即刻进入赞美评论传播模式!

遵旨!辛实戴道,随后又问,你咋不问问我,看我是什么星座?

什么星座?白羊座?

你是我肚子里的蛔虫吗?辛实戴惊道。

你才是我肚子里的蛔虫哩!蛔虫也不会知道人家例假这么准的呀!

嗯嗯。抓好啦!留神看景儿!辛实戴甜蜜道,这就是奇险天下第一山、中华民族圣山——西岳,也是华夏之根。

哇,这么神,该来该来!索娃娜连连赞道。

大巴颠来倒去地盘旋上升,山景分分钟变幻着。今天西安还是雾天,本想来华山躲躲雾,可好,华山也是灰蒙蒙的,大煞了风景。说笑时,已到了太华索道广场。大伙儿下车,山体巍峨,冷风飕飕,体感骤然变化。如此坏天气,等着乘坐西峰索道观光缆车的旅游人群竟然排了两里多长的队。原来,今天已是国庆假期第七天,大家都在赶这难得的假日末班车出游。两人辛苦排队,不断换着脚踢腾着取暖。

终于进缆车,缆车沿着索道稳稳地朝上攀爬。索道缆车里,面对千仞峭壁和绝世美景,索娃娜、辛实戴观景聊天,充满江湖浪漫和青春风采。索娃娜今天穿牛仔服,亭亭玉立,长发飘飘,脸上不知何时偷偷儿贴了个釉彩小国旗,国旗上还写着触目的"中国宝贝"四个字。两人耳边伴着红丝带呼啦啦的响声,更增了江湖传奇风情。她笑道:呀,这索道箱体,人快凌空成仙啦!哥,你可以进入作诗模式了。

十六、西岳华山行

心有灵犀,辛实戴也豪情万丈,诗意勃发,但他还是说:不敢糟践诗,而蹉跎了江山美人儿,冷落了咱的"中国宝贝"。

噗……索娃娜听罢,甜蜜地笑了,她要的就是这效果。一会儿,她说:我的网友作了首《如果我在西安遇见你》,内容与咱俩的经历高度神似。

啊……辛实戴哑然失笑,却故意岔开话题,飒蜜,你在西安的网友很多吗?

还好吧哥,我加了个"华夏寻祖群",认识了些人。西安是我重点发展区域,今后我有可能就待爷的城了。

挺好。那我就瞎诌一首我的散文诗,与索总共勉吧!辛实戴似乎早有准备,随口诵出:

呵护生命

悲哉,秋之为气也!可秋来夏去,花谢果香,乃自然铁律,不可违逆。遗憾者,人生较之季节和花木,似更其残酷——人生一世仅如草生一秋耳,青春小鸟儿一去不复返,令人空生嗟叹。

嗟叹之余,我们唯有敬畏生命,唯有珍惜生命,唯有呵护生命……

索娃娜听得入了迷,全然不知道辛实戴已朗诵结束。见她还沉湎在他散文诗的意境里,辛实戴就在她眼前舞舞手,道:吗呢?

听你朗诵诗!

辛实戴怪不好意思:看景儿看景儿,不可蹉跎绝壁奇情、江山美人儿!

还是哥通透,才子呀!索娃娜佩服道,突然问,哥,你咋没有泼烦咧？

哈哈，在你眼里，我傻到家咧，瓜实咧，瓜得都不知道烦咧！辛实戴竟有些伤感地说起了关中话。

索娃娜却道：你说我们找朋友多不容易呀！

嗯！辛实戴了解东干人的风俗，认同道，首先得在内心跟自己干仗，那叫一个纠结呀！

凑（就）是滴！

不过，你还好！他想到她其实是汉族，遵从汉族习惯。

好什么好？都烦死了！

辛实戴揶揄道：你是球星、网红、公众人物，找朋友是千挑万选。再说，你是汉族人。

噗……从今儿起，管你叫哥，别欺负妹子！索娃娜道，我哥哥也面临同样的问题。

你嫂子也是汉族吗？辛实戴道，这叫一个怪，汉族之间结婚还纠结个什么劲儿！

是的！

辛实戴故意岔开话题，逗她：呀，你头上有根白头发。

索娃娜怀疑地瞅一眼他，又娇嗔地钻向辛实戴的臂弯，央求辛实戴给她拔掉白发。

下缆车，先去华山西峰。两人来到莲花洞口，人群挤挤挨挨。索娃娜感叹人流量大，辛实戴说华山西峰人流密度堪比孟买、深圳，全年接待一千多万人次呢，相当于希腊全国人口。突然，他坏笑着问：你什么时候"入洞房"？

人生苦短，快乐为先。你什么时候入洞房？索娃娜反问，我们来个集体婚礼哈！

十六、西岳华山行

辛实戴笑着向前努努下巴,道:喏,我马上"入洞房"!

噗……索娃娜笑道,又被下套啦!

辛实戴却收敛笑容,道:知道中国洞房的来历吗?

不会是这莲花洞吧?

正是!辛实戴说,相传,在华山修行的吹箫人箫史和秦穆公的女儿弄玉成仙前,曾到莲花洞点烛成婚。从此人人效仿,结婚都入洞房。

想不到华山还是座爱情山!那咱……今天就"入洞房"?索娃娜感慨地说,脸上露出奇美的期待表情,似乎很在乎他的意见。

说干就干!辛实戴果决道。

两人手挽手,随人流入了"洞房"……

从"洞房"出来,他们手挽手来到华山金锁关前。狭窄的道路上熙熙攘攘,路两旁铁索上红带飘飘,索娃娜脸上洋溢着幸福表情,随口唱道——

……
我要稳稳的幸福
能用生命做长度
无论我身在何处
都不会迷途
……

辛实戴听着索娃娜唱歌,捏捏她的手说:唱得真好!过了金锁关,又是一重天。今有女儿初长成,便为三秦娇娇容。瞧,又是爱情的见证!

路窄人挤,西风烈,红带飞……好有仪式感呀!索娃娜说着,却猛

145

地将手抽回去,哥,你咋……咋这随随便便就拉女孩子手?

嗯……辛实戴有些尴尬,遂岔开话题,我们买锁去吧,连心锁、同心锁!

索娃娜悲戚道:我跟谁连心?谁与我同心?

远在天边,近在眼前!

噗,索娃娜转身盯辛实戴半天,是你吗?

辛实戴见索娃娜较真,说:就玩嘛,别认真。说着,去拉索娃娜的袖口。

嗯哼……我想让时间停下来。索娃娜幽幽地说。

是呀,能让生命停留在这一刻,该多好!

两人买了锁回来,走在海拔2000米的岭脊上临风飘举,锁上红绸飘动,恰似一团红火在眼前熊熊燃烧,久久不熄。锁上、红绸上两人的名字赫然在目。索娃娜舞动着,端详着铁锁和红绸,凄然道:我提议,我们把它抛入深谷吧!

辛实戴大为惊讶,问为什么。

谁要是背叛我,必须先找到这锁子,解开心结,才可以去找别的女人。索娃娜一字一顿,眼露果决之光。

咒谁呢?辛实戴大为感动,却道,敢情是在咒我吧!

噗……索娃娜无比柔情地娇嗔道,臭美的你!

这一天,两人直到黄昏才下山。进了缆车上了索道,索娃娜很生分地说:求你个事儿,你能帮我找个研究中亚历史的学者吗?

"求"就免掉吧。——学者还是专家?

有区别吗?

区别大了去了!学者,我就是。专家,得另找。

怎么找?你帮我!

十六、西岳华山行

像我们旅游一样,一个大学一个大学、一个研究机构一个研究机构地去访问、调查。

明天就开始!

姐,你累不累?辛实戴哀叹,我都困得不行不行的啦!

噗……索娃娜右手食指按住自己的人中"嘘"一声,道,大煞风景!

晚上9点,辛实戴回到城中村住处,坐在小铁床床沿洗脚,小猫图图在洗脚盆旁边戏耍。门外,一个尖厉的妇人声传来:小辛,拿你的信……新加坡来的……嘀……都什么年月了,神迹一般,竟又出现了纸信!

得嘞!谢冯阿姨!辛实戴答道。一会儿,他拿着两封信进屋,坐床沿上,拆信、看信,一连看完两封信,沉默一会儿,狐疑地自言自语:不能够呀!她怎么就成了个热血青年了呢?

他抓起手机打电话:索总,嘛呢?……想我?去……想咱俩的事儿,咱俩能有什么事儿?问你个事儿哈,你们女孩子家,一般什么情况下会接连不断地给前任写信?——我指的是纸质信……你不懂……你就想假若是你,什么情况下,你会接连不断地给利亨写信?……Never?我是说假如,假如懂不懂?……想和他修复关系的时候?知道了,知道……No、No,是我同学的前女友发神经……谢谢!拜——

辛实戴挂掉电话,开始编发短信:

宁宁,信已收到。我很好,勿念。过去的事情就让它过去吧。

丝路寻祖

十七、情路多坎坷

　　一连两个礼拜,辛实戴领着索娃娜跑了几趟坊上,去看16号院子。索娃娜越看越想买,辛实戴反而越来越心虚。一来自己没钱;二来,关于房主,他们还故意瞒着人家小姑娘,很不地道。他唯一能做的是,让索娃娜反复与郑能亮老婆——市统计局的一位科长议价。

　　不用讲,他们主要的精力在另一件事情上:联系并参观了西安各主要大学和研究机构,访谈了好几位中亚文化研究专家,还和巴老师见面喝茶叙了俩小时。

　　这天下着雨,气温骤降,索娃娜穿着灰色风衣,更显俏丽。两人来到陕西师范大学长安校区,校园里,索娃娜与辛实戴共打一把伞走着。他们去一位专家的办公室,索娃娜悉心听了专家的研究心得。又一天,雨过天晴,迎来艳阳天,索娃娜换上鲜艳的旗袍,高挑的身材分外扎眼,走在西北大学太白校区的丝路研究院大楼侧面,人们都当她是新生。有几个男生装作问路想与她搭讪,索娃娜连说抱歉,引得对方更要没话找话,反过来问她要去哪儿,想给她指路,索娃娜连说"谢谢"。大楼

十七、情路多坎坷

前,索娃娜与卢院长握手,走进大楼了解情况。他们还访问了西安交通大学教授、西安建筑科技大学教授和省市宣传部文艺处的领导。

这天下午含光路上,索娃娜、辛实戴走出陕西省社会科学院,与专家握手话别,接着去省作家协会所在的建国路。作协领导陪同索娃娜参观陕西作协"创作成果展览",索娃娜对路遥、陈忠实等作家很崇拜。她突然提起《云横秦岭》那部书,说根据那本书改编的40集电视连续剧最近获得全国影视剧本推优,尤其是该书作者还写了首部丝绸之路长篇小说《丝路情缘》,一家知名报纸报道说,东南亚、中亚读者都很喜欢此书。临别,作协还给索娃娜赠了书。

车内,索娃娜兴奋地说:小哥哥,你不是领着我玩吧?

辛实戴反问:心心,以后叫你心心。心心,这几趟值不值?

索娃娜连说:值,太值啦!这名字好听!

那好,心心!

你在炫耀!

哈哈,是不是有点"凡尔赛"?向心心学习,做人得有趣点哈。西安作为千年古都、丝路起点、科教重镇的实力值得我这么做。辛实戴说,给你转篇微信文章。

索娃娜看手机,辛实戴转的微信文章上面说:西安科技发达、创新力强,是中国五大教育、科研中心之一,综合科技实力居全国前列。上面还罗列了一大堆西安培养人才和文化科技发展的数据,并说西安正在打造文化和硬科技名片。值得一提的是,西安在举办完十四运后,马上又要举办残特奥会。

索娃娜看完更惊叹了,说一个西安的科教力量胜过有些国家,又问什么是"硬科技"。辛实戴说"硬科技"的英文是 Hard and Core Technology,就是以人工智能、航空航天、生物技术、光电芯片、信息技术、新材料、新能源、智能制造等为代表的高精尖科技。他又说,它区别于虚拟世界,属于由科技创新构成的物理世界,是需要长期研发投入、持续积累才能形成的原创技术,具有高技术门槛高壁垒、难以复制模仿之特点,代表性企业,中国有大陆的华为、台湾的台积电,荷兰有阿斯麦(ASML),还有韩国的三星,等等。索娃娜听罢,偏头瞅了他半天,说他像理工男。

谢谢!这辈子是没那机会了。辛实戴叹道,跟你说,这微信上还不是最新数据,西安还是亚洲创新中心,是军事院校、艺术体育院校、医疗卫生力量等的云集地。

索娃娜不断点头,却说:你不但"凡尔赛",还挺自恋!

恋不了别人,我还不能恋自己一把?哈哈哈。辛实戴说着笑起来。

还炫耀自己!索娃娜以热辣的目光扫了一眼辛实戴。

有吗?显摆我什么?

魅力。

辛实戴大笑:大飒蜜,你搞清楚没有?话说,哥有那玩意儿吗?

别不自信!

我很自信!我是最合格的劳动者,起得比鸡还早,吃得比猪还差,干活比驴还累,活得比狗……

索娃娜忙用玉手纤指捂住辛实戴的嘴,心疼地说:不许糟践自己!

一会儿,索娃娜放下手,辛实戴沉默着。

你其实很富有:天赋过人、博学多才,精神世界异常丰富,最重要的,你富于正能量,代表着新时代。干脆,送你个雅号"新时代"吧!

谢谢心心,别人早送过了!

可……没有流行开呀!

唉,我又收到……辛实戴忧郁地说,立即改了口,我研究生时的同

十七、情路多坎坷

学,又收到他前女友的三封信——纸质信。

怂管!索娃娜漠然道,又关心地问,你读过硕士?

辛实戴点头。

索娃娜飞快地在辛实戴脸上摸了一下,迅速转过头去。

两人在长安南路八里村下车,边走边聊,肢体亲昵地碰触着。辛实戴带她去自己经常去的城中村小街转悠,这是西安南郊大学城里的吃住一条街。不觉已是晚上,参差纷攘的夜市,有着别样的人间烟火:在《星辰大海》《可可托海的牧羊人》《时光背面的我》等走心歌声里,人们摩肩接踵,理发屋门口转着彩色柱子,吆喝叫卖声和着吃食店的热气和香气,吃的、逛的、住的满眼都是,大学生们拥吻着走过,走进脚边的安乐窝去。

索娃娜立即被这热闹喧嚣、活色生香的世界吸引,连连感叹。辛实戴问她是感叹这里的吃住行一应俱全、价廉物美,还是感慨这里"藏污纳垢"。索娃娜说这是好地方,并吃醋说辛实戴肯定和苟宁宁在这里有过不少甜蜜回忆。这里离苟宁宁的母校近,辛实戴真的想起了那个暑假自己与她在西安的初逢。他不置可否,只说索娃娜是人精。索娃娜吃醋道:噗,不是人精,能说到你高兴处?

辛实戴突然也有些吃醋,反问:你是不是很缠人? 利亨该很幸福哩!

索娃娜一把挽住辛实戴的胳膊,曲线诱人的身子直往辛实戴身上扑。辛实戴搂紧她,吻了吻她的头顶,她的秀发冰冷冰冷的,透着头皮有一丝温热,很香。索娃娜一时有些眩晕,竟不会走路,差点绊倒,辛实戴只好拉着她走。可爱的姑娘,这个异域女子,已深深爱上这片祖宗曾经扎根千万年的古城和眼前这个温文尔雅而又童气未泯的北京男人……

他们自此有了极强的心理感应,并与日俱增。他们需要整理心情,处理一下各自的前尘往事,以便开启一段美好的感情。

对于索娃娜,她首先想到的是利亨。利亨最近为合同曾与她打过两次"马拉松"电话,但都是一上来就说事情,事情交代清楚通话即结束——他们无疾而终的关系得到确证。也许,他想从她这边得到电话上的温存,可是不巧,她正好没有这份心情,她现在已经陷入了另一个男人的情感旋涡里不能自拔。她觉得与辛实戴的关系是这样自然而然,现在已须臾不能离开他。她陷入一种该死的温柔当中,经常是见到他时心绪潮润、无比依恋,分开时万分焦虑、无比思念。她把对辛实戴的感觉说给父母,开明的父母早明白了她的倾向性,并未阻拦——奶奶的遭遇不可谓不惨痛,他们都很清楚,也很同情,奶奶也教育他们:爱情和婚姻一定要自主。母亲小时候来父亲家菜园子偷黄瓜吃,被童年的父亲抓住,父亲反而喜欢上了母亲,就主动送黄瓜过去……因缘际会,两人长大后走到一起。

对辛实戴来说,他本是为了合同而在公关——他现在觉得这样的开头很不堪。但是,通过这段时间的相处,他被索娃娜的康健、纯洁、美丽、冰雪聪明和与他的心曲相通所迷惑,情感搁浅中的他,其实很需要女孩的温存。不仅如此,有过一次恋爱的他,真正觉得现在的这份感情的珍贵。现在,在剥离了种种外在附加条件后,再来悉心审视他对索娃娜的感情,他觉得内心已是沉甸甸的,超过了初恋时对苟宁宁的那份感情。他想,当抛开了喜新厌旧、商业利益后,能超过初恋的感情,应该为一个男人所重视吧。我们看到,辛实戴在权衡他与索娃娜的关系时,是多么理性——这就是过来人、年龄大的男人的魅力所在,也许正因此,他才令索娃娜这样欲罢不能。沉湎于爱情中,行吟诗人辛实戴诗兴大发——

十七、情路多坎坷

丈量生命

1

我用哭叫丈量生命

我用乳头丈量生命

我用翻身丈量生命

我用学步丈量生命

我用读书丈量生命

我用婚姻丈量生命

我用白发丈量生命

我用讣告丈量生命

2

我用爷爷丈量生命

我用奶奶丈量生命

我用爸爸丈量生命

我用妈妈丈量生命

我用爱人丈量生命

我用孩子丈量生命

我用拐杖丈量生命

我用坟墓丈量生命

3

我用太阳丈量生命

我用月亮丈量生命

我用星星丈量生命

153

我用病痛丈量生命

我用别离丈量生命

我用懦弱丈量生命

我用遗憾丈量生命

我用呼吸丈量生命

4

我用花朵丈量生命

我用诗行丈量生命

我用掌声丈量生命

我用屈辱丈量生命

我用背叛丈量生命

我用谎言丈量生命

我用平庸丈量生命

我用生命丈量生命

5

我用……丈量生命

我已经不能

丈量生命

2021年10月12日晨

他将这首诗用微信发给索娃娜,索娃娜半天未回,他就有些忐忑,打电话给她,让她给诗提意见。索娃娜说她不懂,说肯定好,又说想去看他的小猫图图。辛实戴委婉拒绝说:好久没出门,到外面逛逛去。

十七、情路多坎坷

几日不见,如隔三秋,索娃娜求之不得。两人先去奥体中心看喷泉,结果扑了个空——所有地方都被隔离带隔离起来,旁边还站着保安。不过,14号地铁清新现代的面貌、奥体中心站内装饰的中国元素图案、体育场馆的雄伟别致、奥体光影文化公园的迷幻面影,还有大长安的广阔视野、山水美城,都给曾为运动健将、见多识广的索娃娜以很深印象。她内心很吃惊,有几处地方之前也去过,怎么与利亨一起时对风物的印象远不如和辛实戴一起时这么深刻?这让她有点怀疑自己的人品,但心里仍旧美滋滋的。

兴之所至,小姑娘提出随便走走逛逛。于是他们驱车到大庆路与枣园东路的三岔口,寻访丝路起点。

关于陆上丝路的起点,素来有诸多争论。不少城市都在争,比如洛阳和西安之争,后来郑州、重庆、连云港也加入了纷争。而仅就西安而言,也有种种说法:有人说是在灞桥,灞柳送别,但那是东去的;有人说是在城里五味十字,日本人拍的丝绸之路纪录片就这么认为,可目前的西安城是明代城池;有的说是大唐西市……而辛实戴更愿意相信:丝路起点就在索娃娜和他的脚下。

现在,两个一百多个小时未见的热恋情人都尽量掩饰着彼此的急迫,心想着今天回去,就会有彼此期待中的坦诚交代。此刻,索娃娜翘首眺望,但见一组长50余米、宽3米的群雕,展现了一队行进在丝路上的中外混合的骆驼商旅。看着这雄浑的雕塑群,索娃娜想起自己沿丝路穿越数千里来西安寻祖的历程,感慨道:丈量生命,为了那抹挥之不去的乡愁,本丫头千山万水丈量过!小哥哥,这就是传说中的丝路起点吗?

那当然了,心心,难不成这还有错?辛实戴亮着眼睛反问。

索娃娜亮着眼睛问:你肯定?

肯定、确定、必定、一定！你看，心心——辛实戴伸出手指朝前指着介绍，这里是隋代开远门遗址，是为纪念丝绸之路开创2100周年而建立的，有遗迹"立堠"为证……

历史是辛实戴的专业，他的强项，一提历史，他就滔滔不绝，开始介绍开远门的详细情况——

开远门是隋唐长安郭城西城墙最北的一座城门，也是隋唐丝绸之路的起点。它距长安城的国际贸易市场——西市只两坊的距离，门外竖有里程碑"立堠"。公元749年，唐玄宗天宝八载，开远门外建"振旅亭"，随时等待西征将士归来，当之无愧地成为丝绸之路的出发点。

听完辛实戴的介绍，索娃娜定睛看着他问：你是学文学还是学历史的？哈哈，还是研究"硬科技"的？

本科中文、硕士历史呀。文史不分家，这都不知！司马迁知道吗？也是咱老陕，鲁迅称他的《史记》是"史家之绝唱，无韵之离骚"，文学性和史学性兼备。

索娃娜羡慕地看着辛实戴，久久说不出话，辛实戴早被她会说话的眼睛陶醉。两人眉目传情，无比亲昵地绕雕像转了两圈。秋阳驱赶尽多日来的雾岚，丹桂凋零成泥，菊花香气馥郁，招惹得蜂们做本年最后的狂癫；土门立交周遭，绿荫、花丛、喷泉交错，与井然的车流人流相映成趣，向人们诉说着今日长安的繁盛安好。在"立堠"前，索娃娜无限爱恋地把一个剥了皮的猕猴桃塞向辛实戴嘴里，一边塞一边说：我看未必！

什么未必？辛实戴转过头，将猕猴桃叼在嘴里问，猕猴桃竟从嘴里掉地上了。

唉……可惜我的猕猴桃！索娃娜叹息道，我看过一个纪录片，说丝路起点在城内。

那是瞎说。

怎么就瞎说啦？你咋这么武断？索娃娜急道。

十七、情路多坎坷

你只知其一,不知其二。西安现在的古城是明代修的,才几百年历史,而古丝路2000多年了。所以,说话你得动脑子!辛实戴刚愎自用。

怎么,你不是从唐代的"振旅亭"推断出这里是丝路起点的吗?

辛实戴:"振旅亭"是后续的建筑,之前还有遗迹可考。

哼,就你雄辩滔滔、天下第一!索娃娜有些生气。

别糟践词语!辛实戴也愠道。

什么?你这人咋得理不饶人?索娃娜置气道。

我没有。辛实戴强忍着,想,我今天这是怎么啦?

多情应笑我。不可理喻!索娃娜打着响指,嘲讽道,摇着头,很受折磨的样子。

姑娘,那你要我怎么说?要我一本正经地胡说八道吗?辛实戴强忍着道。

我要你说四个字:咱俩绝交。索娃娜终于忍无可忍。

辛实戴被打了个猝不及防,一下有点蒙,愣怔片刻,冷冷道:太合适的事情!我只说俩字:绝交。他心里冷笑着想,是你写的纸质信吧,还阴阳怪气,冒充我前任。

梁师傅,开车!索娃娜带着怨气命令道。

秋日静好,一群小朋友围着一垄怒放的秋菊做游戏,童稚的歌谣伴随着鸽子的哨音传来——

阿房宫

三百里

放不下关中一口锅

……

歌谣声中,汽车载着索娃娜绝尘而去……

157

十八、男人败运时

辛实戴一屁股蹲在石阶上,脑子里一片空白,他不知道自己怎么就管不住自己的嘴,祸从口出,惹下这事儿。他甚至觉得自己将来会半生蹉跎、一事无成,这辈子都不会有啥出息了。一阵后怕冷飕飕直抵他脊梁骨,他耳朵里嗡嗡响,身子像玉米秆一样轻飘飘的,似乎随时会被秋风荡走。半天,他才想到该拿手机拨号,就打开手机外放喇叭,对着接通的电话用关中话道:喂,郑总,给你说一下,我把索娃娜惹跑咧!

啥?咋回事儿?手机外放里是郑能亮惊讶莫名的声腔,有些苍凉,有些粗戾,还有点变调和虚脱。

辛实戴话音就也不由得有些虚脱:……索娃娜……和我,闹掰了!我把她训了一顿……

手机外放里郑能亮紧张地喊叫:天……有病吧你!这是为啥呀?

辛实戴沉默着,觉得自己要二次爆炸。

为啥?你给我说清楚!郑能亮在电话里霸道地逼问。

十八、男人败运时

不为嘛(什么),就是她贼较真儿,认死理儿,无知……

郑能亮粗暴地打断了辛实戴,咆哮着:滚!你连人生理期都一清二楚,人对你还不敢越外……唉!傻了吧你,还是把鸟儿吓飞了……你要知道,心心她只是个21岁的孩子呀,能和你我这样的老炮儿比?……

辛实戴自尊心极强,不想让老板侮辱自己,就横下一条心,平静地打断郑能亮的话,说:我就是跟你说清楚这件事,好让你有个反应时间,不要因为我影响你。至于咱俩的事,找时间再说吧!

郑能亮咆哮着,似乎要隔着屏幕撕破、咬碎辛实戴一般:能不影响吗?你让我咋应对?千秋万代的大项目、大事业呀,兄弟!郑能亮带出哭腔来。

一时间,辛实戴被噎住,觉得丧失了语言能力,浑身也如芒刺穿,陷入瘫痪,只有郑能亮的哭腔在手机外放里播放。一只黄蜂吹着"嗡嗡"的乐曲在辛实戴头顶抵近盘旋,不时碰撞着他的鼻翼,辛实戴全然不觉,他鼻子一酸,早没了脾气,沉默半天,才嗫嚅道:不怪你,也不怪我……怪她管得太宽……

对,不怪你!都怪我!郑能亮恶狠狠地骂道,怪我眼窝瞎了一胳膊深!怪我瞎了我这双狗眼!

辛实戴咧了咧嘴,双目放空,说不出话来。

郑能亮继续津津有味地骂道:你……为啥要让别人照着你的意思去办?你以为你是谁啊!

辛实戴仍是无言以对。

手机里郑能亮道:我也曾眼里不掺沙子,但现在已是泥沙俱下。为什么?为什么我的眼里常含泥沙?因为我要整一番大事。知道吗?

辛实戴不由得干笑。

郑能亮骂道:你笑个狗屁?你还能笑!你现在舒服了是不是?可

别人呢？事情呢？事情咋整？

辛实戴揉揉眼，平静地说：我就是跟你说清楚这件事，现在已经说清楚了，我是我，你是你，她也不会那么小肚鸡肠吧？合作的事、项目合同的事，一码归一码。

郑能亮阴阳怪气地冷嘲热讽：知道吗？这世界现在是你说了算！咱关中、咱中国北京出啥大人物咧？就是你！就是你辛大老爷！

辛实戴只好受着他的侮辱，蒙着头听，可听着听着竟毫无过渡地没了声音，他看了一下手机，发现电话早被挂断。

辛实戴抬手想扔掉手机，可立即想到囊中羞涩而作罢，赶紧装回衣兜里。他茫然四顾，抬头看看天、看看云，左右瞅瞅那汹涌的车流人流，瞻顾一下无边浩荡的古城秋日风光，又试图呼吸呼吸秋菊果香以及田垄里的菜蔬味道，于是皱皱鼻翼，才感到自己早已涕泪俱下，眼泪早吧嗒得地面湿润起来，鼻涕吊着线帘，在胸前荡漾。他撋一把鼻涕，骂道：喊，长安居大不易，这破天！不如回北京。辛实戴一边嘀咕，一边面带不可捉摸的微笑，似泄气的皮球般走向出租车站台。

目光迟滞、动作迟缓，回想事情的前后过程，他内心继续反抗着郑能亮的奚落，更加坚定了他的决定。

坐在出租车上，他反复对自己说：哥们儿，你做了一件很爷们儿的事，在几乎没有任何犹豫的情况下就摆脱了一位来历不明的外国女子的纠缠，你是何等理智、何等英明！他吹着口哨，招来司机的好奇目光，这反而让他更加得意。车经过小寨的汉唐书城时，他看到门口正在举行签售会，许多文学迷和作家的粉丝挤挤挨挨地排着队，露出急迫虔诚的眼神。他觉得可笑极了，他为从前的自己笑出声来。之前他也曾在北京王府井书店、正阳书局，西安的曲江书城、汉唐书城，兰州的纸中城邦、西北书城等书店，充当过眼前这些年轻人的角色，当时令他诧异和

十八、男人败运时

不屑的是,许多书店和图书公司的员工被领导要求充当书迷和粉丝。从此他觉得此类事儿很滑稽,便没再参加了。

在华美什字下车后,他感到肠肚的响动,于是走进一家过桥米线特色小面馆,消灭了两碗米线——思谋着将晚饭和午饭合二为一——直吃得连打几个饱嗝。这时,他从内心开始厌恶自己这副臭皮囊,觉得吃饭之于他实在多余,刚才那些狂热的作家粉丝,他们起码还有个真实的造影给自己,而现在的他呢?一无所有,无欲无求,纯粹的植物人一个,行尸走肉。之前有人这么说他,他得跟人急,现在他轻贱地觉得自己正是这玩意儿。付钱的时候,他脆弱的神经又被深深刺痛,觉得他兜里的钱根本不是自己的,而是郑能亮的。近一个月来,他没有去公司一次,反而花掉了几乎是他两年的薪水。一旦明白了这点,他内心便填满莫大悲哀,觉得自己是天底下最可怜的可怜虫。女怕嫁错郎,男怕入错行,更怕选错专业,他一个"985"硕士生,却连自己都养活不了,岂非奇耻大辱!这样想着,他无力的双腿几乎没有能力支撑着他的躯体挪出米线馆。

回到城中村出租屋里,他倒头就睡。被冻醒来,四壁昏黑,凉风顺着半闭半开的窗缝灌入,使他连打几个冷战。鼻子一吸,他准确地判断出自己感冒了,决定出去买药。去了好几家药店,都没开门,他垂头丧气地回家。回来撒泡尿,又折回小出租屋,辛实戴闭紧门窗,窝在小铁床上辗转反侧。屋内憋闷,他不断喝水,不时出去上厕所。天还未亮,他就昏头昏脑出门晨练去了,因为在床上躺着实在难受得慌。

辛实戴出了城中村,直奔曲江芙蓉阁大酒店,绕着酒店直角形的外墙来回跑。

凌晨时分,芙蓉阁大酒店里的索娃娜还没合眼。

从昨天中午开车撂下辛实戴到现在,整整17个小时,她思绪翻腾着，打了无数个滚儿。争吵那会儿，她真是咬牙切齿，觉得辛实戴是个渣男，幸亏自己发现得早——几分钟前，她还幻想着今晚和他约会，把自己交代给他。她现在也是笑了，猛一想，"细思极恐"。而且，她觉得这个男人还特恶心，会伪装，欲擒故纵，设圈套"套路"她，昨天还发给她《丈量生命》的狗屁诗，让她内心荡漾，当时还幼稚地认为他有涵养，还觉得自己挺温柔、挺甜蜜、挺幸运。现在想来，她脊梁骨发冷，差点被这个十恶不赦的畜生给祸害了。下车时本来挺饿的，打算吃点什么再回酒店，回去就不出来了，可经过大悦城那家面馆，想起了她与辛实戴曾吃过的那面——那曾经无比走心的邂逅面，她打消了吃饭的念头，径直回了酒店。

到房间，她关上门，往浴缸里兑好热水，脱了所有衣服进到洗浴间，躺进浴缸里泡热水澡。水温正合适，她忽然感慨，活着真累，要不断努力，还经常无缘无故受伤，心想不如永远这么泡着，这么睡去吧。这样思绪漫游着，她真的决定放弃一切了，眼角随即挤出几滴泪来，滴到浴缸中。虽然她还有点眷恋这个世界，但她觉得这个世界已经不眷恋她了；虽然她才21岁，但她觉得她已经不愿再经历什么了；虽然她有至亲至爱的父母、哥哥和全心爱着她的粉丝，但是她觉得他们能够承受失去她的痛苦，因为粉丝随时可另寻新欢，哥哥那么强壮而且饱经世事，父母已经老去，什么事情不能经受？——她残忍而自私地这么想。她尽可以与奶奶早早相遇了，可以捋捋她的耳环逗她玩儿；她尽可以与未曾谋面的爷爷相会了，看看他有多帅，为啥当初让奶奶那么疯狂；她尽可以与不曾相识的那边的朋友相认了，可以知道他们长啥模样，知道她到底与他们有什么前尘后事；她尽可以无忧无虑地奔赴天国了，不要被国家荣誉、女排精神、个人前途捆绑着一次次冲击肌体和精神的极限，不要被不爱的人追着赶着整日思谋着摆脱却难以拒绝，不要枉费心机地

十八、男人败运时

去嫁得好人图那虚幻的幸福,不要每天都想着吸粉圈粉,不要太疲于奔命了……这样想着,她觉得生念已绝,便头一偏没入水中……

现在,她坐沙发上,抱着个大布娃娃,手里拿着三个遥控板:一会儿举起空调遥控板调空调,一会儿摁着电视遥控板不断换频道,一会儿又拿起DVD遥控板把玩着……其实,她的思绪始终没有停止漫游,她一直在琢磨:为什么昨晚自己没被淹死?否则,没准儿电视上现在就在报道她的死讯,她会最后一次上热搜并秒掉粉丝几百万,也许他——那个渣男辛实戴此刻就趴在她尸体前痛哭哩!她很奇怪为什么到现在,她还想着他。可见她实在称得上死心眼儿又贪生怕死,怕得鼻孔一进异味就受不了,就跳出了浴池——这正是她直到现在还没死的真正原因。至于她要不要死、什么时候死,她想,她还得再想想,不能太仓促,身体发肤受之父母,不可轻弃。另外一点,她想,她什么时候要将自己交付给他了?如果昨晚自溺而死,岂不可惜?估计世界上目前还没有一个人值得她去为之一死呢……

想啊想,直想得头昏脑涨,她觉得累极了。

当窗棂透出一线晨曦时,可怜的索娃娜睡着了,眼角流下两滴晶莹的泪来。突然,睡梦中传来一声气贯长虹的"啊——哦——",索娃娜被吵醒,循声走向窗户朝外望去。天已微亮,芙蓉阁酒店围墙下,有一个人在玄妙移动——辛实戴光着膀子在跑圈。当确认是他时,索娃娜关上窗子,拉紧窗帘,回到床上。她蒙上被子,继续睡。睡去,醒来,醒来,睡去,如此反复,不辨白黑……

几天后,辛实戴在住处的小铁床上,蓬乱着头发,头发上沾着干方便面渣儿,嘴里哼着黑撒乐队的《我的黄金时代》——

  我想回到我的黄金时代,

> 大学四年的光阴不会再来，
> 记忆里保存着最珍贵的爱，
> 永远都无法忘怀，
> 那是我的黄金时代。
> ……

嗓子不疼、鼻子利索，感冒是好了。但歌唱得没滋没味跑了调儿漏了词儿，他全不在乎。唱累了，辛实戴才坐起，小铁床不堪重压地咯吱着。他将旧笔记本电脑放腿上，开始写电邮。写好，将邮件发出，然后看着邮箱界面上收件人"苟宁宁"仨字发呆。好半天，辛实戴搓一把长胡茬儿的脸，自语道：认识以来的这第一封邮件，定会让我的小甜心的小心脏受不了的！嘿嘿，说着，古怪而自恋地笑，显得没皮没脸。他突然想写一首歌词，名字已想好，叫《王炸》。

一会儿，辛实戴放下电脑，光膀子搭条半旧的毛巾走出。洗完，他边擦脸边跑回屋子，猴急地去查邮件。邮箱界面上未读邮件为零。辛实戴自言自语：没回，知道你忙……待会儿你会回的。

他倒一杯热水，坐在床沿发愣，等水凉。一只落单儿的长腿蚊子若无其事地降落在他脖子右后侧，急切热情地吻起他的脖颈儿来，他觉得奇痒无比，下意识地抡起右手打去，蚊子早飞了。他纳闷，人倒霉时连蚊子也欺负你，这么冷的天儿还有蚊子？不会的，他给出了理性的答案。但很快，蚊子以实际行动和柔美的嗡嗡声证明了它的存在和他的武断。这次，他有了防备，对着笨拙的滞重飘忽着的蚊子，双手分开合击猛一拍，蚊子不见了。他下床寻找蚊子尸体，但左找前找，愣是没有活见"蚊"死见尸。花了半天工夫，也没找到，他就安然地去喝水，边喝边想，之前打蚊子，也出现过当时没发现、过后发现早已死去的蚊子的情况。很快,半杯水喝完,白瓷水杯沿儿上出现一只发胀的黑褐色小生物,他一下子干呕起来——这正是刚才那只蚊子呀!

趴在马桶上呕吐一番,辛实戴洗净水杯,刷了牙拿上钥匙,走出小屋,边走边用手梳理着乱蓬蓬的头发。

十九、英雄恼美人

这边,索娃娜饿得实在难忍,心想又不是饥荒时代,又没发生啥了不得的事情,没必要这般作践自己。于是精心梳洗打扮一番,惊艳地出入于万众国际、熙地港、老城墙等商场,疯狂购物,去曲江做SPA,又回到宾馆游泳。她一路疯狂地发微博、发抖音,甚至将一张稍显身材的照片发了上去,唯恐吸粉不够。很快,有人点赞,她回了个撇嘴的图标。细一看,那人是江雪。江雪是个男记者,敢爱敢恨,多才多艺,又很性情。许多年以后,她还记得与他在甘肃定西市岷县一个叫二郎山的地方对歌漫花儿的情景——

那地方虽干旱,但森林覆盖率极高,更有人文历史和山水自然荟萃。索娃娜见其山高林密,青树翠蔓,蒙络摇缀,参差披拂,空谷幽兰醉人,倍觉合意。路边不时还有小旱獭东张西望,像在觅食,又似与游人逗乐,还见到几头大骆驼。当时他们一行十几人一路惊喜,嘻哈着就到了一处平台。大伙极目远眺,歇息、聊天……突然,江雪攀上一枝老树

十九、英雄恼美人

权,忘情地引吭高歌起来:

> 北山的云彩南山里来,西北风吹过岷州来;
> 骑马的尕妹们一溜儿,那一个是我的友友儿!

面对江雪的"突然袭击",索娃娜虽毫无准备,但花儿是她的心歌,她对漫花儿很拿手,遂喜出望外,无所顾忌地热情对唱——

> 洋芋花开(么)虎张口,馒头花开成个绣球;
> 跟上外阿哥我往前走,好日子咱还在那后头!

江雪没料到游伴中竟有女娃能对唱,便兴奋地再唱:

> 一场的清水还淌哩,二郎山尕磨儿转哩;
> 心疼哈见了你胡想哩,你只能在我的梦里。

索娃娜情不自禁再对——

> 一场的清水还淌哩,二郎山尕磨儿转哩;
> 陇中尕妹妹就在哩,山半腰唱者花儿哩。
> ……

就是这现在令她难忘、时常感怀的过往,当时却被伊莲"告密"给利亨,搞得大伙不欢而散……索娃娜此刻觉得利亨和辛实戴一样无聊、浑蛋、无耻,此刻她甚至觉得所有男人都没劲儿,不想也罢。

167

稍事休息，补补妆，她又出去逛。嘴里嘀咕道：我是长安女孩，闲来做做瑜伽、游游泳、发发抖音，圈粉无数，日子任逍遥。在大悦城，看到十四运的宣传海报，上面有走心的宣传语"全民全运　同心同行"，索娃娜心头一热，后悔前几天忙着寻祖问根，耽误了去看中国第十四届全运会的排球比赛，当时辛实戴已经弄到票，可时间冲突了。走过一报摊，卖报老人递上一份报纸，索娃娜摆摆手推辞了，可临离开时她无意中瞥到那刺目的报纸标题：

寻租(祖)女疑似失恋落单

索娃娜心里一阵躁动，付钱买了报，快步走到一旁读报，迅疾脸色忧郁起来。这时，《绿叶对根的情意》的铃声不合时宜地响起。索娃娜扫一下手机屏，按掉铃声，不料手机的铃声又执着地响起。索娃娜无奈地接起电话，点一下外放音，尽量忍着性子道：您好郑总……利亨资金周转慢，粮库合同二稿您催着抓紧过，舞剧合同咱暂停。

手机外放音传来郑能亮谦恭而老练的话音：嗯……实在对不住！您知道，小辛就是我们公司一个帮忙的，索总您千万千万别往心里去哇！

索娃娜哭笑不得，一时不知该说什么，只得道：呃呃，不懂您说什么！正忙呢，挂了哈！

她来到健身房，挥汗如雨地锻炼起来。锻炼完，又去隔壁的一家瑜伽馆做沉浸式瑜伽。

索娃娜默默进入运动区，神清气定地去做瑜伽。数曲瑜伽乐过后，她站起，女瑜伽师道：呀，瑜伽后您气色好多啦！

她甜甜一笑，刷卡后道谢告别。走出瑜伽馆的一转眼工夫，她的神情又有些凄然。一会儿，她打开皮包，掏出手机拨打：哥……还好吧？你

十九、英雄恼美人

电话终于通啦！警察没把你怎么吧……那就好！我还好，就是有些想你们……我和利亨联系不多，不过合同得给他看，咱坊上的 16 号院我得给哥说一下，你和爸妈商量商量，我跑了几次，与房主谈价……什么，你想办法？噗，你能有啥好办法？隔山隔水的……嗯，好。对了，嫂子怎么样……知道了。她回西安，那……索娃娜笑出声，接着说，你俩都老夫老妻了……我也不懂，就是觉得吧，换位思考，差不多就成……好，再见！

挂了电话，又给父母打去视频电话，当下没忍住流出泪来，她怕惹父母伤心，说了几句就找借口挂了电话。出大悦城，她自个儿给自个儿说话：呀，哥哥终于没事儿啦，我多高兴呀。看来，我也该回去了。可祖产、合同都正纠结呢，烦——烦死人。另外，还没去安康宁陕的广货街呢……

大雁塔秦汉唐广场东侧，邋邋面馆硕大招眼的旗幡随风晃荡着。门口，辛实戴趿着拖鞋，边擦嘴边看着手机走出，索娃娜边低头刷微信朋友圈边走入，两人在面馆门口擦肩而过，却互无察觉。辛实戴走出一箭之地，忽然大吼：啊——哦！已经在面馆坐下来的索娃娜闻声四顾，跑出面馆门口，张望着，面无表情地看着辛实戴发疯，痛苦地想：他与本姑娘无关！这个人必须成为我的路人甲。她即刻吩咐司机，将尚未拆盒的庆阳太阳圣火的苹果归还辛实戴。

华美什字的城中村，小出租屋的门打开，辛实戴走入，嘴里哼着《我的黄金时代》，味同嚼蜡，不，比蜡更苦涩更心酸。小猫图图在他脚旁转悠，不断伸懒腰、做鬼脸、用身体蹭他小腿，"喵呜喵呜"讨好他！可它苦恼的主人，没心思体会他哼的歌的苦辣酸甜，也没心思照顾猫咪的卖萌。来不及关门，辛实戴就径直走向床上的电脑。他打开电脑，划拉着鼠标四下谛视，眼睛终于灰蒙下来。宁宁竟没半个字的回音。辛实戴撇下电脑，有滋有味地骂道：魔鬼的诱惑胜过了上帝的召唤，贱人！

犹豫再三,他拿起手机拨号:喂——郑总！对不住哇,那天是我有问题！您得跟索娃娜联系联系、说道说道……不用我管……啊成成成！他挂掉电话,讥讽道,荞面饺子——见风还硬了你！

辛实戴在黝黑的地面上四面出击,脑子中掠过"斗室余一人,荷戟独彷徨"的句子,嘴角皱出一丝怪笑。终于,他呆滞的目光触着窗子,突然发现一封信躺在窗台上,遂喜出望外癫狂道:啊哈——宁宁……宁宁的信,宁宁回信儿啦！说着扑上去抓起信封,撕开信封掏出信纸看,看着看着,表情僵硬起来,恶狠狠地骂道:驴唇不对马嘴！

辛实戴拿手机开始发短信,写道——

　　宁宁,前一阵子是法海拨弄,我的邮件不知看过没有。看后,我的心思你会明白。盼你早回国！实戴

辛实戴发完短信,胡乱躺床上,突然,传来敲门声。他问是谁,门外面男子说他是司机,姓梁。他听出是梁师傅,以为索娃娜派来了信使,一阵惊喜,忙跳起来跑过去开门。门外放着两箱苹果,却不见人,他一下子明白了索娃娜的意思。是呀,现在社会上哪个女孩子不高傲呀,人家凭什么对你一个"五无"男人好！这时,房东冯阿姨走来,说,信塞进你窗缝子了。他道声谢,将两箱苹果送给她。她大喜过望,一边道谢一边激动地唠叨着,提上苹果走远去。突然,她又反身回来,退回一箱苹果来,喘着气说:哎哟,瞧我这老不死、辨不来、没轻重的,娃让我吃果子,我咋能没眼色得让娃连尝嘴的果子也不留呢？

辛实戴连道:没事儿。这时《西安人的歌》的铃声响起,他抓起手机喊:宁宁,知道你……哦……对不住你索总……是我做得不好……希望不要影响您和丝路集团的合作……

十九、英雄恼美人

是索娃娜的电话,辛实戴心头豁然开朗,虽然深知姑娘公私分明,跟他玩"车是车,马是马"的游戏,但毕竟公司合同的事情似有一线转机,让他这几天压在心头的石头也会轻点,能够喘喘气儿。他挂断电话,又拨打电话:郑总,索总刚才打电话了……说她做得不好……你放心,估计不会影响公司之间的合作。

手机里传来郑能亮的简短话语:有事儿,回头打电话给你。

他半天才反应过来。他五官抽搐几下,拨拉一会儿手机,径直给苟宁宁住处的座机打去,好久没人接,刚要挂断,听筒传来一男子的话音:Hello! This is John Paul Cusuck. Who's that speaking?

辛实戴破口大骂:是祖宗我!说罢,将手机狠狠摔到床上。旧手机的背盖、电池和其他部件,轻而易举地分离,吓得图图跳上窗台,又跳下,迅速钻进床底去。

大叫一声,他瘫软在床。

不知不觉,辛实戴进入梦乡——

大雁塔南广场玄奘雕像前,一大群人有近千名,围得内三层外三层。里面两层空地上,辛实戴和郑能亮在跳街舞。伴随着《西安人的歌》的歌曲,辛实戴正从台阶上跳上跳下,不断弄出惊险动作来。他轻飘忽悠的惊险动作,吓得人群发出一连串的惊骇尖叫,他却越发带劲儿了。在大伙的尖叫声中,身材高挑、气质迷人的索娃娜气咻咻地跑过玄奘雕像,她看一下周遭,被群情激昂的人群和人群旋涡中心上的舞者的绝妙舞姿吸引,且走且看。突然,辛实戴大叫起来。

索娃娜闻之"吐噜"一惊,脚下不觉一滑,"啊呀"一声绊倒在硕大的玄奘雕像下。

辛实戴发现了摔倒的索娃娜,忙跑上去拉起她。两人对视许久。猛然间,他发现了索娃娜左胸前的那两个金光大字"寻租",脸上掠过一丝不易察觉的笑,忙伸手去拿这"寻租"胸牌。索娃娜并未领会辛实戴的意思,犹豫着。恰在此时,愠怒的利亨追上前来,见辛实戴竟然将咸猪手放在自己女神胸前乱摸着,而女友竟没丁点反感,反而任其上下其手,他不由得火冒三丈,挥起老拳打将过去。

　　随着拳头打在鼻子上发出的一声水脆响声,鲜血四溅,毫无防备的辛实戴,被一拳重重打倒在玄奘雕像前的大石板上,所幸他紧急用臂肘撑了一下,才没被磕到后脑勺。利亨成功挥出这神勇的一拳后,顺势连贯地跟上,猛地踩上一脚实施了更残忍的手段。见利亨还要继续施暴,索娃娜忙一把推开利亨,用身子护住辛实戴,利亨见心爱的人竟然不顾自己的感受,心疼起了"野汉子",气得叫嚣抓狂,张牙舞爪地哇哇哇号叫。他比索娃娜稍低半指光景,已经逼得索娃娜没法后退,索娃娜见其不收手,就眼疾手快抡起胳膊肘,狠狠磕到利亨的下巴上。利亨没料到心爱的姑娘不但不感激他的"英雄救美"举动,反而还恩将仇报地对他出手,而且这么干净利落,毫不留情,他错愕地揉揉下颚,企图使其复位正常,同时不得不寻思原委,渐渐冷静下来。这一切,来得太突然,比电影动作导演精心设计的还要巧妙,还要流畅完美。

　　此时,就连三个当事人也一时难以明白究竟发生了什么,却见郑能亮收起三个手机,上前吼道:起开,哪来的这野货,在这里撒野?!

　　大叔,他生我气哩!初来老舅家地盘的索娃娜姿态很低,她那么真诚、那么明显地将同情给了被打者辛实戴,那么动气地斥责着大块头高大上的男友,在场的每一位游客都看得真真切切,无不为她的深明大义而肃然起敬。

　　郑能亮见美女求情,火气小了点,却还说:那啥,有话好好说!你看看,把人打成啥样了,满脸的血啊!一旦失手,后果不堪设想……

　　我说,打的就是他!咸猪手!利亨冲口道,往前冲来。

十九、英雄恼美人

闭嘴！索娃娜吼道。

快,去医院！脸肿成馒头了！郑能亮道。

索娃娜立即说:对不起！我们出车,我们出钱!

经过索娃娜一番真诚、耐心地安抚,郑能亮不得不调低调门,利亨不得不叫来豪车将辛实戴送往位于南稍门的古都医院。

深夜,月光如银,照得古城一片明亮洁净,夜长安更加肃穆圣洁、古色古香。朝城市更远方望去,城市背影里幽暗深邃,透露出神秘雅静的氛围。

医院急诊室,一位神情严肃的瘦高个儿老年男医生正在为辛实戴清洗瘀血。洗完擦干并察看伤情,见并无新的血液渗出,大夫便吩咐郑能亮带辛实戴去拍片。一个钟头后,医生看片,边看边对郑能亮说:还好,软组织无损伤,止血输液服口服补液盐,休息两天就好。医生又瞅瞅辛实戴道:我看你身份证是北京土元城人,在西安没医保,没事儿,花不了多少钱!

我有钱,人民币！接着,给你下钞票雨！正说时,利亨、索娃娜急匆匆赶到,利亨边朝里走边从皮包抽出一沓崭新的人民币,劈头盖脸就朝辛实戴、郑能亮和医生砸去。红彤彤、新灿灿的人民币四散飘落,新钞的馨香在人们周遭鼓荡着,冲击着人们的鼻孔……这阵仗将医生弄蒙,当他终于弄清楚是怎么回事时,立即威严地吼道:给我滚！门在这边,给我滚出去！

利亨没料到这医生这般厉害,愣了一下,脸上瞬间露出凶相,傲慢道:怎么,敢吼我？我要让你清楚,对着一个外宾和重要外商吼的代价！跟你说,市长都对我很客气……

亏得索娃娜是排球女神,人高力大,忙使出浑身解数,制服利亨并将其推了出去……

二十、全运逢长安

午后,曲江秦汉唐广场邋遢面馆,里外都空落落的。偌大的面堂里,索娃娜在独酌,没看见进来的辛实戴桌前摆了一瓶白酒,酒已喝完。她早喝得双眼迷离,舌头卷曲不起,发着嗲道:好酒,老……乡,再……来……来一瓶!

没等老板作答,索娃娜发话:实戴,来,陪心心……喝……喝酒!一把抱住他不放,浓重的酒气自鼻孔冲出,喷得辛实戴快要闭了气。辛实戴难过得眼里喷出泪花。

突如其来的伪英雄救美,让辛实戴觉得很幸运,他同时觉得很凶险。他主观地以为,如果刚才他不从梦中醒来,不来吃面,后果将不堪设想。他觉得上天还是眷顾他的,觉得是索娃娜托梦给他,让他来救她的,因而心中充满温暖和感恩。他一直在揣摩出门前的那个梦,觉得索娃娜是偏心于他的,一开始就对他好,这算不算一见钟情呢?自己不也一样吗?索娃娜出现后,他就将前女友苟宁宁撇一边了,而是全情投入索娃娜的事情,费尽心思变着花样讨她欢心。可是,也许是太在意,反而出了错,现在弄得人家生气不理他。为了破解两人的僵局,他找到以前发表的文章,又写新文章,想发给她,显示显示自己的才华,以赢得姑娘芳心。他得抓紧写,还有那创作冲动越来越饱满的歌词《王炸》。

辛实戴将索娃娜带回芙蓉阁大酒店的豪华套房,将她放在里间的大床上,给她盖上毛巾被。索娃娜昏睡着,一动不动,只一个劲地朝外喷着酒气。辛实戴感到了她的痛苦,他心疼极了,忙给服务台打电话要来蜂蜜水和解酒药,给索娃娜喝了蜂蜜水、服了解酒药。见她安然躺下,闭起眼,他调好空调温度,又将窗子留个缝儿,再拉上窗帘。最后,他俯身向索娃娜,定定地看着她,许久许久,他才离开房间,钟表的短针正指向4。

很快,几个小时过去了,宾馆房间,昏暗的灯光映照出墙上的钟表,短针已经指向11。索娃娜还在昏睡,她做了个奇怪的梦——

大庆路与枣园东路三岔口,她去见辛实戴。他们都尽量掩饰着彼此的急迫,热切期待着他们的爱情。索娃娜兴致勃勃地翘首眺望着骆驼商旅,感慨道:丈量生命,为了那抹浓重的乡愁,为了寻根问祖,为了祖产和秘制腊牛肉店,本丫头丈量过千山万水!小哥哥,难道这就是传说中的丝路起点?

难不成有错?辛实戴亮着眼睛反问,心心你想什么呢!

确定?索娃娜亮着眼睛又问。

心心你看——辛实戴伸出手指,这里是隋代的开远门遗址,是为纪念"丝绸之路"开创2100周年而建立的,有遗迹"立堞"为证……

辛实戴滔滔不绝,开始介绍开远门的历史——

开远门是隋唐长安郭城西城墙最北的一座城门,也是隋唐丝绸之路的起点。它距长安城的国际贸易市场——西市仅有两坊的距离,门外竖有里程碑"立堠"。隋唐时期,以长安为起点的丝绸之路,从开远门出国西行,经河西走廊,出敦煌经新疆而通往中亚、西亚和欧洲。借此,驼队将中国大批的玉器、瓷器、丝绸、茶叶等运往西域各国及地区,而西域的商人也带了香料、珠宝、药物、作物等来长安,在离开远门不远的西市售卖。公元 749 年即唐玄宗天宝八载,开远门外建了"振旅亭",随时等待西征的商人和将士们归来。因此,这里当之无愧地成为丝绸之路的出发点。

听完辛实戴的介绍,索娃娜定睛看着他问:噗,你是学历史还是学文学的,还是研究"硬科技"的?

本科中文,硕士历史。文史不分家,这都不知!心心,司马迁该知道吧?也是咱老陕,鲁迅称他的《史记》是"史家之绝唱,无韵之离骚",文学性和史学性兼备。

索娃娜羡慕地看着辛实戴,久久不说话,辛实戴早被她会说话的眼睛陶醉。两人眉目传情,无比亲昵地绕雕像转了一圈,秋阳驱赶尽多日来的雾岚,丹桂凋零,菊花香气馥郁……索娃娜不断比心拍照、发抖音,辛实戴不断抚弄着她的秀发,时不时拿到鼻子上嗅着。在"立堠"前,索娃娜无限爱恋地把一个糖葫芦塞向辛实戴嘴里,不料辛实戴陡然色变,怒斥:心心是不是你……让苟宁宁写的那苦情的纸质信?

索娃娜全然没料到辛实戴这么声色俱厉,她愣了一下,恶狠狠地将糖葫芦抽出,抛向高空,吼道:喊,渣货,不是你求我的吗?

糖葫芦像铁饼一样晃悠着抛出个玄妙的抛物线,带着呼哨凌空远去,辛实戴面无表情地望一下落向三十几米外新能源动力公交车背后的糖葫芦,降低音量但加重语气,吼道:荒唐,我求你?喊……我求得着你吗心心?

二十、全运逢长安

不许叫我心心！索娃娜叫道，用陌生的目光无比诧异地瞅着辛实戴，迅疾朝远跳开两丈多，仿佛辛实戴有麻风病，有新冠，有出血热，唯恐躲之不及，她无比鄙夷道，不是！你……你是谁呀！流氓！覆雨翻云？

你真会糟蹋词语！辛实戴的脸彻底变形。

不可理喻！我们绝交！索娃娜转身阔步离去，边走边喊，梁师傅，开车！

辛实戴面无表情地昂首向世界宣告：太合适的事情，绝交！

突然，《绿叶对根的情意》的铃声猛地响起，索娃娜从梦中醒来。

她翻个身，摁掉手机，兀自发呆。细思甚恐，她此时觉得是自己轻率了与辛实戴的关系——他们本不该发生争吵的，是彼此的心魔使然；而她的罪愆是，太年轻太任性，没能管控好自己的情绪。一会儿，手机又响起，她用手左右摸着手机，几次摸空，终于抓到手机，拿起来看。手机屏显示：辛实戴。索娃娜面无表情地摁一下拒接键，流出泪来，也哭出声来。立即，铃声再度响起，索娃娜继续拒接，不住啜泣着。铃声顽固地响着，索娃娜不断拒接。突然，一声惊天动地的"啊——哦——"从窗子前传入。索娃娜猛地坐起，骂道：神经病！辛疯子！浑蛋！不可理喻！

骂毕，她拉起毛巾被蒙面恸哭。她觉得她现在太难太难啦，好似接了辛实戴的电话就非得与他和好，嫁他一样，好似接了他的电话就必然意味着要锚定人生航道、人生大事儿一般。所以，她得冷静冷静。对，冷处理。

无聊中，手机来了短信，她去看，是辛实戴发来的，是他写的文章，她想立马删掉，却犹豫不决，终于，还是看起来：

当全运遇上长安

秋水长天、终南叠翠、丹桂飘香,诗意长安意象繁复时,迎面撞上了第十四届全国运动会,不,是陕西尤其西安已准备就绪,正全情与十四运喜相逢。

祖国各健将、高手乃至世界冠军们,都云集古都,领导也莅临古城,游客和嘉宾也纷至沓来,他们都前来为西安这座国际化的国家中心城市赋能,为陕西赋能,为老陕赋能,同时为中国赋能,也为自己赋能:被祖国、老陕、陕西和长安赋能。于是乎,延安、西安,更红了;秦岭、黄河,更美了;兵马俑、大雁塔,更火了;钟楼、城墙,更飒了;地铁、有轨电车,更爽了;航天航空、西部硅谷,更响了……瞧,簇新静穆如处子般的西安奥体中心元气满满,像裁判、像慈母般翘首以盼,为选手赋能,并期待着他们赛出水平、赛出风格、赛出中国正能量。

从六年前接办全运到而今如期举办,其间的努力不可谓不艰辛、不可谓不紧张,但,与其说这是3900多万陕西人区区几载的笃行践约,不如说那是14亿中华儿女对华夏祖脉的遥远回望和深情体认,不如说是近1300万西安人民对十三朝古都千年雄风的郑重重拾,亦不如说是铮铮老秦共赴国事的一诺千金。一百多万年前的蓝田人和同在西安近郊的女娲遗址、半坡遗址,见证着华夏民族的祖脉赓续;三皇五帝、夏商演变,在这片古老神奇的土地上发生;周的礼乐和九百载治理,秦的大一统和遗憾,汉的"虽远必诛"霸气,有唐一代的文治武功……中国历史上的大治大盛时代和主要的传统文化如儒释道者,都与关中这片热土密切相关。山河表里潼关路,秦岭渭河护长安,西安的一砖一瓦、一草一木,每一方天空、每一朵云彩,都在诉说着中华民族的无上荣光和盈盈初心,都

二十、全运逢长安

凝聚着我们这个从历史纵深走来的古老民族的精神和心力。西安事变,深刻地改变了历史,延安十三年换来了新中国;时值建党百年和民族复兴的关键节点,今天的全运会似乎应该更高更强,更其元气充沛、浩气长留。

来吧,让我们焕发出先民们战天斗地征服自然的洪荒之力,把握本我、超越自我、张扬超我,赛出好成绩;让我们以"刑天舞干戚"的气魄,猛志长存,赛出高水平;让我们复活周礼、秦制、汉韵、唐风,赛出风格和风骨;让我们以为历史开画的勇气和智慧,为中华体育开辟新天地……

哦,时间不语,但是它裁判和决定了世上的一切,包括西安全运会所有奖牌、荣耀的归属;秦岭不语,但是它凝视着全部一万两千名运动健儿的拼搏和勇气;长安不语,但是它把每一句祝福公平地给予了每一个运动员;你不语,但正专注于自己的事——当好志愿服务者、裁判者、参赛者和观众。我们有理由相信,全运史上一定会铭记这个在长安的时刻,中华运动史上一定会铭记那十二个"长安十二时辰"。

看,秦岭四宝——十四运四大吉祥物"朱朱""熊熊""羚羚""金金",正很萌地瞅着你呢!"诗仙"李白,也穿越了时空专程回到西安,正瞧着你嘞!陕西美味儿石榴、猕猴桃、羊肉泡、葫芦鸡等,正等着为你们庆功呢。

不消说,当长安约会全运和残特奥会的时候,也是全运和残特奥会拥抱长安的吉时佳日。追赶超越中的陕西正在祛魅和蜕变,三秦的山更绿了,水更清了,天更蓝了,历史文化、革命传统更浓了,老陕的日子更美了。中国人的心里也更舒坦了——从西安钟楼到商洛商南的金米村、从北京王府井到藏南阿里冈仁波齐、从香港尖沙咀到甘肃定西岷县的小山庄……共和国的每一寸土地上，人人脱贫实现小康。这，在历史上、世界上，是绝无仅有的。是为大治。长安秋景醉人、赛事犹酣。比赛切磋、交流互鉴，以此为契机，陕西尤其西安将奋力书写发展的新篇章。中国体育也将以此作为巴黎奥运周期的新起点，书写新的华章。

未来，中国的事情会更好，老百姓的日子更有奔头。写至此，我不由得要发出长安一声吼：全运吉祥！长安吉祥！中国吉祥！

写于2021年10月18日

索娃娜读罢文章，服膺于辛实戴的才气，止不住冲动地想给他打电话，又想起身直接去见他，于是穿衣下床，洗漱打扮。可打扮着打扮着，就泄气了，她觉得这是辛实戴套路自己，便又窝回床去。

二十一、求爱华清宫

覆水难收，两个年轻人就这样拧巴着，似乎谁也不理谁，但是双方都在内心惦记着对方的好与不好。因爱生怨，因怨生恨，爱怨恨交织，一时难以理清。

这天清晨，芙蓉阁酒店正对的大唐芙蓉园西门广场，索娃娜正在锻炼，忽然手机响了，是利亨回国后罕见地打来了视频电话。看到以红黄色为主调的大唐芙蓉园西门、园墙背景色和索娃娜的浅蓝色运动短装以及白里透红的健康肤色，利亨垂涎欲滴，但他还是装作不动声色地盼咐着公事。索娃娜边打电话边"弱柳扶风"——远离球场几个月的她，竟然有点高晃文弱的感觉，当然，也是淑女风范尽显。

很显然，接到老板、男友利亨久违的视频电话，年轻、单纯的索娃娜还是有些兴奋，想多唠几句，因为她已经萌生回国的念头，开始思念遥远的吉尔吉斯斯坦的陕西村，思念比什凯克以及那里的人和事。回到吉尔吉斯斯坦，不得又面对利亨和他的圈子吗？何况，人家还答应用直升机、5G全网、线上线下直播的盛大方式娶自己呢。聊着聊着,突然,索娃娜眼角瞥见几个男人正与一个头发蓬乱的小伙儿争论着、对峙着,相互试探,似乎要大打出手——那男子用一把明晃晃的水果刀刺向面前男人的手腕……要行凶还是怎么的?而且被刺的那人咋还这么眼熟?不好!是辛实戴见义勇为而陷入危险。索娃娜心下一惊,手机掉地,尖叫一声,不顾一切地直冲上前去。就见锋利的水果刀已经戳破那人手腕,殷红的血水喷涌而出……索娃娜一边惊恐万状大叫,一边用右掌奋力劈向歹徒拿刀的手腕。无奈,歹徒死死抓着刀不放,索娃娜拼了命地抢夺,两人肉搏起来,歹徒哪里是排球女神索娃娜的对手,渐渐处于下风,可是,索娃娜却突然大声尖叫。原来,刀子在被夺过的瞬间划到了她白皙的腿肚子,霎时,鲜血汩汩直流,她痛苦地瘫倒下去……众人忙上手将试图逃跑的歹徒制服,扭送至雁塔分局曲江派出所。辛实戴大骇,从痛楚中"清醒"过来,心急火燎地送索娃娜去医院……

  一时间,慈善医院急救室里分外紧张。今天的病人非常特殊,当出租车将两个外伤病人拉来时,两人都处于"昏迷"状态。更奇怪的是,没有家属,没人挂号。医生一时杵那儿,不知道如何开始救治。一个矮胖的中年女大夫见状,轻喝一声:别愣着了,先抢救!救醒人,不就有挂号的了吗?

  这时,索娃娜睁开眼睛,说,我挂号。从皮包里掏出一沓人民币。医生不由分说地给她和辛实戴同时包扎。辛实戴此时是真昏迷了,他伤的是左手动脉,出了不少血;索娃娜刚才只是受惊而并未真昏迷。索娃娜被清洗、抹药、包扎完,服用止疼药、消炎药后,她就自由活动,自个儿挂号付钱去了。等她回来时,辛实戴也缓过气来,他脸干黄干黄的,整个人像霜打了一般虚弱,见索娃娜来,蜡黄的脸上浮起憨厚的笑意。索娃娜心头一酸,扭过头去,身体一阵痉挛,她坐在连椅上,故意用右腿

二十一、求爱华清宫

叠挡住受伤的左腿小腿。辛实戴发现索娃娜包扎过的腿,惊呼:心心……怎么你……受伤啦!说着就要坐起来。

矮胖的女大夫忙制止道:快!来……把两个病人分开,别让二次伤害!

索娃娜起身,一个护士上前,搀扶着她离开辛实戴的病室。

十几天后,一个阴冷得似乎要随时飘雪的下午,伤势渐愈的辛实戴被郑能亮派司机从华美什字接到长安公馆。他穿着半新不旧的皮夹克,浑身不住瑟缩着敲响新丝路传媒公司总经理室。很快门开,一股暖风直冲辛实戴头脸而来。郑能亮站在门内,迅速拉辛实戴进来,满脸堆笑热情道:伙计,多日不见,想死你了!来,咱哥儿俩坐沙发!

辛实戴被拉着机械地朝前走。里面开着暖风,开着空气净化器,花木葱茏,秋菊怒放,阔大的暗红色老板桌上的加湿器正咕咚咚冒着白雾。

想我死了吧?辛实戴自嘲道,坐下,晃一下左手手腕上的伤痕,死不了发疯哩!

小辛,喝茶。一个女员工进来,放下一杯茶水给辛实戴,又问,郑总喝什么?

马主任,你伺候好咱辛总,别管我!这如今,老板难做,都是给员工打工哩。郑能亮收敛笑容,转头对辛实戴摆出一副推心置腹的神态:都怪哥这庄子深,事情哪,我得知后,你俩都出院了。前天打你电话,你不是在外面嘛,电话里嘈杂得很!男人嘛,不见义勇为、没有点风流韵事似乎都对不起自己。你不是学文的吗?难道不想着写点什么?我女儿又被"饭圈"坑了,你说这都多大了,十七啦……

老板,咱说正事!辛实戴问,我还有什么利用价值?

183

别价……郑能亮笑着，停顿一下，理理思路说，你说你这伙计，咱大男人跟女孩儿较个什么劲儿呀！喜欢上人家啦？

辛实戴只管喝水，一语未发。

你这是默认呢，还是默认呢？郑能亮抓起三部手机，在手里不断倒换着，仰面思忖道，这比心丫头吧……伤差不多该好了。

一提到伤，辛实戴心头一缩，仿佛乱刀扎到面门一般，道：郑总，是我当时晕头了，硬逞强、认死理，以至于连累人家妞儿了。

我看是你较真！郑能亮道，不过，你见义勇为这事儿做得棒。

你碰见你也会出手。辛实戴言不由衷道，这个，你肯定比我看得清。

唉……可……这内伤——人心里的伤……唉……弄的这事……还是把雀儿给吓跑喽……郑能亮一唱三叹，内心大作战，一筹莫展。

两人沉默着，气氛尴尬，听着加湿器的咕咚声。一会儿，辛实戴打破沉默：伙计你也想想，这九亿多的合同呢，肯定不好谈。

所以，让你促成……你不是"新时代"（辛实戴）吗？怎么我看着……你这好像是旧时代呀……

那你还是正能量呢……辛实戴不自然地笑一下，我估计啊，利亨差钱。

何以见得？

您看哪……索娃娜想买回祖产16号院，可至今毫无进展。这说明什么？辛实戴苦笑着，凑近郑能亮问。

嗯，还是研究生脑子厉害。那你说咋整？郑能亮说着给索娃娜打电话，对方半天没接，他无奈地哑巴着嘴说，瞧，连电话都不接。

辛实戴不满道：怎么这么绕呢？16号院不是你们家的吗？你到底咋想？最好，把你坊上16号院卖给她。

二十一、求爱华清宫

这事你嫂子说了算。坊上老宅的价可不是小数目,何况有人已开了大价钱。郑能亮俨然道,好像自己和老婆是两家人似的。

辛实戴摸摸胡子拉碴的下巴,问:那,怎么着?

事缓则圆。对了,我还有两个手机,我现在打过去。郑能亮盯着手机上索娃娜的号码,用另外两个手机分别打了一遍,可是对方仍旧没接。他长叹一口气道:美女不接,跟你说,这是个好女孩儿——不乱来。这……

正说时,《西安人的歌》的铃声响起,辛实戴木然地拿起手机去看,蓦地大喜,接电话:喂,索总……没事儿,没大碍的,那咱们去华清宫、去广货街玩,签合同的事,不急不急。

郑能亮一听是索娃娜打来的电话,一阵惊喜,接着听辛实戴说合同不着急,直急得他在一旁跳脚,夺过辛实戴的手机,想自己跟索娃娜说清楚。不料,手机在抢夺过程中反被郑能亮自己挂断,他气得直跺脚。

淡定,淡定!辛实戴双手在空中往下划拨着,气定神闲地呷口热茶,将杯子放到茶几上,俩手指疾速互换着敲击茶几面。

打过去呀!郑能亮心急火燎,还愣着干吗?

你自己打!辛实戴端起刚放下的茶杯,悠悠地吹着杯中茶水,水上漂浮的青绿色茶叶如黛如山,升腾起袅袅雾气和香味儿。

郑能亮伸手去拿辛实戴的手机,辛实戴转身不给。郑能亮心一横,抓起自己的手机继续拨打。不用讲,索娃娜的电话继续是"正在通话中"。与此同时,《西安人的歌》的铃声再次震天响起,辛实戴抓起自己的手机一看,将它递给郑能亮。郑能亮生气——脸上挂不住,没接手机,辛实戴就接通电话,道:对不住你哪,索总……哦……你是说,细节还要再谈谈……嗯,新丝路公司做让步……这我得请示领导……兵马俑……得嘞……辛实戴用手捂住手机喇叭,朝郑能亮挤挤眼,继续道,心心，那我们郑总跟你说几句……成……回见！

他挂断电话，对郑能亮说：瞧这小妮子，不与我们郑总说话！

郑能亮脸面上实在有些过不去：既然比心小丫头好你这一口，你就全权代表我。咱按说好的提成比例给你，到时候给你升职加薪。

好说好说，能将前阵子捅的窟窿堵上就成！辛实戴说，计将安出？

丁是丁，卯是卯，你可别充英雄啊！公司哪能亏员工？你前一阵子的花销，那是业务费。你是老员工啦，公司规章知道吧？郑能亮豪情万丈地说，小姑娘哪，还得继续带着玩，修复你们的感情！同时以我16号院作为托底，前提是利亨得有钱。哎，怪了，她不是顶流明星吗？日进斗金能没钱？

这个搞不懂，辛实戴道，据我粗浅了解，她这妞儿平时把钱看得很淡，没有商业意识，没攒下钱。

嘿，还是太单纯啦，生活在真空里。郑能亮说着掏出一厚沓钞票顺给辛实戴，这是经费。唯女子与小人难养也！

哟嗬，这是骂我哩！辛实戴敏感道，拒绝接钱，吐槽道，你这钱烫手！

牢骚太盛！郑能亮坚持着给钱。

呵呵……辛实戴推辞不过，将钱接住，放在茶几上，道，不是带着玩，是继续寻根问祖、文化交流。

这回你一定要犁铧磨利，耕地下种，我们才保证有收成啊！郑能亮说着站起，最好明天，去华清宫。

敢情是美男计啊，受不了！辛实戴道，也好！我也将给她拍的照片精选精选，做个精美相册给她。

妙招——走心！我要是女娃，肯定被你俘虏。有信心了吧？别和哥年轻时一样，跟钱有仇。郑能亮摇摇头，走进洗手间。

二十一、求爱华清宫

第二天上午,西潼高速临潼段,车流如织,一辆香槟色豪车很扎眼地奔驰在道路上。索娃娜"御驾亲征",辛实戴坐在副驾驶座上,精神很好,两人热烈地聊着天,眉目传情。索娃娜说:列车长查票时,发现一位老教授找不到车票,急得满头大汗。实在没办法,列车长说:实在找不到就算了,再补张票吧!老教授急道:那怎么行?找不到那张票,我就记不起我要去哪里啦!

辛实戴听了大笑不已。索娃娜也笑个不停,且笑且说:笑归笑,别影响姐驾车参观华清宫,给"皇城哥"当司机!记住啊,把那庆阳太阳圣火苹果给我还回来,我只要一箱,另一箱你自己吃。

辛实戴连忙答应,暗自庆幸自己最近胃口差,还没来得及打开那剩下的一箱太阳圣火的"人类第四个苹果"。

华清宫距离西安仅二十多公里,两人驾车直达大门前,停好车,去买票、扫码测温参观。华清宫景区包括华清池和骊山两个紧密相连的部分,既有历史文化,又有红色文化。它与"世界第八大奇迹"兵马俑毗邻,成为巴掌大的临潼旅游的双璧,均为国家首批 AAAAA 级旅游景区。前者还是全国重点风景名胜区、全国重点文物保护单位、国家级文化产业示范基地,被列入"世界文化遗产名录",数百个国家政要前来参观过。临潼自古钟秀地,周、秦、汉、隋、唐等历代帝王在这里都建有离宫别苑。烽火戏诸侯的历史典故、唐明皇与杨贵妃的爱情故事、改变历史的"西安事变"均在此上演。骊山上的老母殿、老君殿、烽火台、兵谏亭、石瓮寺、遇仙桥等景点星罗棋布,"骊山晚照"是著名的"关中八景"之一。

看着黑压压的人群,索娃娜兴致高涨,问:咋这么多人,这么多老外?

瞧你，要不怎么说出名呢！古代女人倾国、封建君王因女人失国，现代兵谏蒋介石的故事，都集中在这几十亩地上，还不算这美景、仙汤呢。辛实戴笑，哎，心心，你是老外还是老内？

索娃娜摆着头自豪地说：我啊，至少得算半个中国人吧。

这么着吧，你嫁到中国得了。

噗，嫁人……谁要额？索娃娜娇笑着，说起了陕西话。

辛实戴大笑道：瞧你这没出息的样儿！还"诗仙陪练"呢，你完全可以待价而沽嘛！

两人说笑着走进御汤馆。辛实戴建议索娃娜去泡汤，索娃娜娇笑着说还没转呢。两人就去五间厅，看"西安事变"遗址，并看了《12·12》实景演艺。索娃娜很嗨，觉得西安的杨虎城太厉害啦。有了这个心理，接下来他们参观得更细了，两人都在小心翼翼通过时间来修复他们的关系。索娃娜今天增加了幽默感，不仅如此，她想，只有这样相互陪着似乎才是稳妥的。两个小时后，他们随人流走出了长生殿大厅。辛实戴继续做着免费导游，说：这只是华清宫景区极小的一部分，整个南边骊山一片儿，整个儿这山，都属于华清宫。

这么大啊！索娃娜望"山"兴叹，夸张、膜拜！这怎么逛得完？哥，我想看晚上的实景演出《长恨歌》。

呃呃，的确好看，但弄不到票！说实话，公司国庆前就一直在给你订《长恨歌》的票和全运会的票，全运会的票弄好了，可咱忙得没去，这个票托人找关系，可到底都没搞定。辛实戴不停地诉着苦，又说，对不住，我去去洗手间，你等会儿。于是不由分说地跑开。

索娃娜本要跟上，却见其已经跑远，便很夸张地喊：现在12点，给你5分钟，要准时哦！

她在几棵石榴树下等着，石榴树已经褪尽叶子，看不见粉红露齿的

二十一、求爱华清宫

石榴,但整座骊山很有吸引力。索娃娜不时左观右瞻,兴致勃勃地想象烽火戏诸侯的故事,又回味着刚才在长生殿所看的李杨爱情故事的感人片段。不觉间,时间就过了好久,索娃娜看看表,惊道:嘿,真没谱!一个小时了,咋回事儿呢?

她拨打电话,电话没人接,寻思一下,她干脆走到附近洗手间门口张望。但她不可能进男厕去找,就又心急火燎地拨电话,还是没人接,她就语音留言,也没回,也不见辛实戴。无奈,索娃娜哭丧着脸走近一个年轻男警察,对警察说:真不靠谱!警察叔叔,我男朋友走丢了。

年轻的男警察不大习惯人美个儿高的索娃娜对他的称呼,看一眼她,脸红道:丢了,长什么样儿?我给你调监控录像。

索娃娜随警察去监控室看录像。警察很快调出录像,拉椅子让索娃娜坐下看。索娃娜仔细看着,不久就指着显示屏屏幕说:是他!

在5号洗手间。走!警察说着站起。

这边厕所坏了吗?索娃娜抱怨道,莫名恼火,跟着警察匆匆赶去。

警察、工作人员在5号洗手间寻找辛实戴,索娃娜站外面看着,男警察走进男洗手间反复喊"辛实戴",没见答应,所有如厕者都莫名其妙,并且迁怒。一个中等个儿的年轻女工作人员走进女厕,一会儿走出来,摇头抿嘴儿笑。大家垂头丧气,索娃娜急得哭起来。男警察看看人高马大的索娃娜,颇为不解地问:美女,手机,你男友的电话还能打通吗?

索娃娜恍然大悟,又去拨打电话,《西安人的歌》的铃声在周围响起。大伙如获至宝,惊异地循声望去。索娃娜讶异地发现,"长恨歌"纪念品店里一个"唐明皇"(辛实戴)男模特身上传出手机铃声——辛实戴竟将自己从头到脚全副换装,仔细化装,打扮成李隆基,以假乱真地站在"长恨歌"纪念品店中,充当模特。其实,这是他之前一次演出

189

的行头和扮相,当时租过这里的服装,和工作人员混熟了,今天他们竟同意并支持了他的这个夸张的求爱举动。

这货,咋整的!男警察吃惊道。

不料,索娃娜激动到极点,竟发疯般奔过去,上前抱住辛实戴狂吻,边吻边呢喃:哥,你是要让我当杨玉环吗?……

人群一阵骚动,大家疯狂拍照录像。几个警察七手八脚,将近乎窒息般热吻中的辛实戴、索娃娜双双拉开,叮嘱他们注意不要扰乱公共秩序。辛实戴不断朝游客致意、喊话:游客朋友,少儿不宜,切勿模仿!

都是你啦!求爱都不会,搞行为艺术!索娃娜一边埋怨辛实戴,一边不断给游客飞吻、比心。

很快,索娃娜真换上了杨玉环的服装,当了贵妃,并和辛实戴比心拍照,然后发朋友圈,继续与游人友好互动。游客不住拍照。一女游客道:"寻租女""比心美少女",这不又成双了吗?

另一个高嗓门的小伙喊道:女神,我的排球女神!

狗仔队很快跟上,现场有些混乱。

二十二、乐极而生悲

道边治安亭,一男一女两个警察正在与辛实戴、索娃娜谈话。末了,中年男警察总结道:……基本就这样了。饴倩你看!

名叫饴倩的女警察,二十五六岁,俏丽、干练,她将黑色中性笔在桌面敲敲,用西安话说:这位帅哥,咱们不是审讯或者准备惩罚你呀,咱就开诚布公交流一哈,你看行不?

成,您尽管问。辛实戴爽快道。

那额问咧,为啥要将自己涂得五麻六道滴,站到人家纪念品店中,去当男模?

因为爱! 辛实戴答。

女警察:哦,还有这位美女,既然已知道自己男友窝(这)么冲动窝么雷滴,为何还要再扑上去,为么激动滴呢? 为啥自己还换上古装……

索娃娜用西安话打断道:因为耐(爱)! 额想,姐也很年轻吧。

枣木槌槌,不愧是一对! 女警察说,祝贺你们收获耐情!

谢谢！辛实戴道,我可以走了吗?

可以啦,走吧！女警察说,做个请的手势,却补充道,为表示祝贺,华清宫景区特意送二位晚上《长恨歌》的演出票。是花钱也买不到的C位,有效期三天。

索娃娜和辛实戴激动到极点,他们不敢相信自己的耳朵,直拉住女警察喊"谢谢"。却见男警察递上票来,辛实戴接住票揣好,两人又转而向男警察致意。

告别警察,他们就手挽手大摇大摆地走了,走着走着,就扭麻花似的相互拥抱、热吻,扭结在一起。突然,《绿叶对根的情意》的铃声响起,索娃娜掏出手机一看,忙与辛实戴分开,接通电话:哥,还好吧?来西安……太好了！太好了！索娃娜一蹦三尺高,不料,脚落在一块香蕉皮上,差点滑倒。

辛实戴忙去扶住她,两人一边走索娃娜一边打电话:……永远离开吉尔吉斯斯坦……那爸妈咋办?……是,西安风水挺好,是不是要和嫂子在西安生一大堆娃呀?……什么,利亨跟别人结婚啦?！哥你是说真话吗！没喝多吧?嗯啊……渣男,他咋是这号人!！嗯……嗯,啊！再见！

索娃娜挂掉电话,泪水如断线的珍珠落下,哭道:呃呃,利亨……利总,跟别人结婚了！

……

一小时后的西临高速,汽车疾驰,一个古怪精灵、酷似伊莲的女代驾全力驾驶。车内后排座椅上,索娃娜斜靠着,目光呆滞、眉宇瘆人。辛实戴煞费心机地对着她做各种鬼脸,她一动不动。辛实戴伸开五指在她面前不断舞着,她连眼睛都不眨一下。辛实戴脸色铁青,豆大汗珠流下额头,却字正腔圆地说:今天做了个试验,将一张100元和一张1元钞票分别给两位小朋友,拿到100元的小朋友喜出望外,拿到1元的小朋友则垂头丧气。试验告诉我们:不同颜色对人的情绪影响差别较大。红色等暖色使人心情愉悦,而绿色等冷色调让人情绪低落。

代驾女司机、"中版伊莲"大笑不止,索娃娜依旧面无表情,一动不动。

辛实戴继续讲笑话:朋友聚会,一哥们儿喝多了,我把他带到宾馆房间,打电话通知他老婆来照顾他。可是,等他老婆走进房间的那一刻,这哥们儿吼道:起开,给我换个年轻的!

司机又嘻嘻笑着,索娃娜忍不住道:辛实戴,你会不会是这号人,如同那没良心、无节操的利亨?

心心,你终于说话了!辛实戴松了一口气。10年前,他同学失恋后,五天五夜在自家床上坐着,坐着坐着就头发、眉毛全白了。所以他刚才特紧张,担心索娃娜变成"白毛女"。

索娃娜却不动声色道:一对夫妇在河边钓鱼,夫人总吵个不停。一会儿鱼上钩了,夫人说:这鱼真可怜。丈夫说:是啊,真蠢!只要它闭嘴,不就没事了吗?

同意,我闷声发大财。辛实戴道,放心地靠座位上闭目养神。

索娃娜却嗔道:抱着我,咱回城。

辛实戴就抱紧索娃娜,好像揣着一块儿美玉般小心翼翼而又疼爱有加。重新躺在所爱之人的怀抱,可怜的人儿终得安静,她要理一理过去的许多事情。乡愁总是美丽的,也是忧伤的,望着西安奥体中心的璀璨景致,在长安塔的掠影里,她的思绪飞向遥远的吉尔吉斯斯坦首都比什凯克。可是,她渐渐地平静下来,很奇怪不再是想利亨,而是想哥哥、嫂子——他俩要回西安结婚定居。

哥哥奥托巴耶夫曾对她说过,他是在一次停车时认识李依馨的。

那时候,索娃娜才14岁,还在比什凯克上体校。那个冬天,利亨去比什凯克人文大学领毕业证,利亨是延期毕业的,奥托巴耶夫当他的司机,同时也了解一下这所大学的情况,以便妹妹选择大学时心中有底。1月的比什凯克早已滴水成冰,两人来到校园时,地面上积了一拃厚的雪,漫天鹅毛般的雪花还在纷纷扬扬地飘下。到了孔子学院所在的博雅楼前,利亨示意将车停下,奥托巴耶夫跟他一起上楼。楼前车不少,第一排已占满,奥托巴耶夫停在第二排,特意留开第一排车出去的位置,并在车前玻璃内摆好写有手机号码的临时停车牌。两人走到七楼的学院办公室,被告知李主任刚走,利亨人熟,就吩咐办公人员给"李师傅"打电话,不料电话占线。正在这时,奥托巴耶夫的手机响起,是个陌生号码,他离开办公室去楼道接。对方是个女司机,声音很性感,大意是他的车占了位置,她的车开不出,但话语和语调都很随意。奥托巴耶夫即刻对她产生了好感,便饶舌地分辩说自己的车停得很合适,刚才特意留出了通行空间,不过如果需要,他很乐意帮她挪一下车。对方说了声麻烦了,就挂断了电话。

诡异的是,当奥托巴耶夫兴冲冲赶到楼下跑到车跟前时,已不见一个人影子。望着漫天飞舞如天女散花般下落的雪花和已经模糊的脚印,他有些懵懂,如同遭逢灵异事件一般想不明白。他挨个儿在附近车前察看,车里都没有人。一定是个骚扰电话。这样想着,他决定上楼与利亨会合,这时利亨陪着一位虽裹得如粽子样但依然难掩美丽风姿的年轻中国女人从楼门口迎面走来,而后两人热情道别。利亨走过来,奥托巴耶夫忙拉开车门让老板落座,并回到驾驶座发动车子。女人竟高兴地跑上前来,与他俩告别,说自己刚才给奥托巴耶夫打了电话。奥托巴耶夫客气一番,准备开车。利亨摇下车玻璃,惊问怎么回事。女人嫣然一笑,诡异地让他问奥托巴耶夫去。这一笑真的值过千金,让奥托巴耶夫忘不了啦。

路上,听奥托巴耶夫说了事情经过,利亨告诉他那个女人叫李依馨,是中国西安人,孔子学院办公室主任。两人神侃起来,扯到了娶老婆的话题。利亨说,有种说法,说人生最不幸的事是请英国厨师、娶美国女人、住日本房子、领中国工资。奥托巴耶夫说:我也听说过类似段子,世界上最幸福的事情是请中国厨师、住英国房子、娶日本女人、拿美国工资。奥托巴耶夫又说,哈哈,可惜咱说的都与中国女人无关。利亨笑着说:是啊,你我本来就与中国女人无关。但你可以努力娶个中国女人,让她给你当终生厨师。一句话正中奥托巴耶夫下怀,在利亨的怂恿下,他当下决定追求李依馨。

说来也巧,奥托巴耶夫与李依馨的恋爱竟顺风顺水。索娃娜为此也曾心里甜滋滋的,上了大学,她更为此骄傲不已。同学们对她都羡慕妒忌恨,一来因她是国手女神、顶流网红,颜值又高;二来因她有个"钻石"男友;三来因她有个有型有才有品位的准嫂子——已经升任孔子学院常务副院长的李依馨。她本就以为哥哥与嫂子的爱快要瓜熟蒂落修成正果了,此刻更为此甜蜜。

然而,索娃娜又痛苦地想,怎么和自己分开才个把月,可恨的利亨就要闪婚了呢!他是和谁结婚了呢?看来真是男人心天上云,世事难料啊!索娃娜反反复复想着这个问题,这个问题折磨得她死去活来,头疼腰疼胸口疼,眼冒金星,欲吐不能……她还想再理出点眉目时,已经到了酒店。辛实戴搀她下车,她问:为什么男人口口声声说爱你、想娶你,可到头来他结婚的新娘却不是你?

这……辛实戴心里甜蜜,也急于回答,却一时找不到词儿回答。

为什么?你不是能吗?你不是要宽慰我吗?索娃娜歇斯底里,上前追问着辛实戴,那么,好了,你告诉我,为什么?

辛实戴被追出宾馆门口,索娃娜也快步出门,道:你但凡能说出个一二三ABC来,我就嫁给……

辛实戴一把捂住索娃娜的嘴,拼命将她抱进酒店,抱回房间,反反复复对她说"冷静点"。索娃娜大悲,号啕道:为什么?你告诉我为什么?你为什么这么言贵,金口难开?

辛实戴爽快道:为什么?很简单,不合适呗!

混账话!那是结果,为什么产生这样悲剧性的结果?索娃娜发出悲天悯人的天问。

那成,叫苏格拉底回答你,我回答不了!没办法,辛实戴退出房间去,在外间侧耳聆听索娃娜的动静,准备随时听她召唤,去照顾她。

深夜,宾馆房间,灯光昏暗。隐约中,辨出墙上钟表指向1点,辨出索娃娜静静地躺在床上的轮廓,辛实戴定定地坐在沙发上。突然,辛实戴发声:省省吧!感情的事情最费思量,别想那么多!

没有回答,他以为索娃娜睡着了,一会儿竟又听到答语:你说我俩交往那么多年,我都毕业安定了!他,这……

是挺那个的……你可以再找呗!辛实戴劝慰道,话说大长安的男生也不差。

那是,我不可能吊死在一棵病树、枯树上。索娃娜拿起手机一看,惊道,妈呀,1点啦,我看量子物理呢,没注意时间!不早了,你回吧。或者你睡床上,我将就睡沙发?

敢情您还有闲心学物理?辛实戴吃惊道,想这个女子真的很不一般。

噗,这有啥?我已经学了8年物理学,不过悟性差,成果不大。

谦虚的大飒蜜,你是向谷爱凌学习吗?辛实戴真的很佩服索娃娜,用充满诙谐的语气说,对不住,我是要向你汇报重大事宜。

是谷妹妹向我学习好吧!索娃娜侧一下身子道,昏暗中的声音充满诱惑,何谈汇报,咱俩都这样了!

怎么样儿了?

索娃娜不作声。虽然看不见,但辛实戴确信索娃娜的目光炽热起来,他甚至能想象出她眸子的形貌来,就不失时机道:心心,我已经动员新丝路集团就冠亚合同做了不少让步。

对不住你哪!索娃娜模仿着辛实戴的北京话,声腔里透着凄凉道,利亨已与我无关,我就是完成任务。

辛实戴更加窃喜,心头大热,走过去坐在床沿,欲做温柔态。恰在这时,索娃娜突然歇斯底里地发问:嗯哈……为什么提利亨?

辛实戴没料到犯了禁忌,惶恐道:对不住你哪!说着拉住索娃娜的手,咱休息吧!

索娃娜已经心凉,道:别为难心心,回吧你!听语气,似乎很累。

好吧!早点休息!晚安!辛实戴只好起身。

安!索娃娜说着咳了一下,起身下床,我送送你!

索娃娜下床站稳时,正与辛实戴站立的躯体面对面,两人全情拥抱。

好了……亲爱的!索娃娜从辛实戴怀里艰难挣脱,转身到门边,你为什么这么坏……这么折磨人!

嗯……辛实戴含糊道,明儿见!

索娃娜拉开门,辛实戴闪身出门,两个人恋恋不舍,彼此心里又泛起冲动。终于,辛实戴一咬牙拉上门,将一个诱惑关在门内。

回来的路上,辛实戴看到苟宁宁的短信,说她已回到西安,问能不能弄到《长恨歌》的票。他很意外,也很失望,掏出票去看,赠票果然是

197

三日内有效。他就将电话打过去,她没接。他发微信:算你有福,怎么给你？对方回:让快递跑腿送,好吗？

　　辛实戴将票撕得粉碎,丢进垃圾桶。

二十三、一万年的爱

次日晨,宾馆房间,索娃娜精心梳妆,神情慵懒,情绪不高。突然,手机传来微信声,她拿起看,是辛实戴发来的一首他自己写的歌词:

丝绸之路

一条丝路
联通今古
历史在现实中播放
现实在历史里赓续
啊,丝绸之路,悠久绵长
啊,中华民族,伟大辉煌

一条丝路

连接我你
你牵挂着我
我念想着你
啊,魂牵梦绕的人儿到了眼前
啊,网络朋友成为知心爱人

一条丝路
贯通中外
世界容纳中国
中国拥抱世界
啊,"一带一路",世界之路
啊,"一带一路",民心之路

　　索娃娜再次为辛实戴的才气所深深折服,想,即便你不这么有才,我也迷上了你。殊不知,辛实戴是如前所述,有了一个另类风格的《王炸》的创作冲动,却到底只在心里煎熬而落不到纸上,最终竟然写了这首歌词,也是长期思考的妙手偶得吧。当然,《王炸》他依然没有放下,还在心里发急、脑际转悠着呢。当索娃娜热望着看向辛实戴时,突然一声"啊——哦——"传来,她一愣,以为自己产生了幻听,忙走近窗子,掀开窗帘朝外看。轻雾缭绕里,辛实戴正跑步经过楼下,看到她,仰面不断给她飞吻并喊心心。索娃娜不看则已,一看忙放下窗帘扭头跑出房间,跑到宾馆一楼大厅,梳子、发卡等散落在半路上……索娃娜冲出宾馆正门,恰与疯狂跑进的辛实戴撞个满怀,两人都一心狂跑着要去见对方,没料到就撞在一起,因此都先是一愣,继而相互认出,于是疯狂拥抱。

二十三、一万年的爱

索娃娜问:坏蛋,为什么昨晚扔下我一人!是不是嫌我没帮你签合同?

咱俩与合同无关。给你,相册。辛实戴说着,郑重奉上一个黄紫色封面的精美厚重相册。

索娃娜感动得直掉泪,边流泪边打开相册,可还没翻开扉页,就听见车喇叭响,是一辆旅游大巴要过,两人一惊,慌忙手挽手走向花园。长长的赭红砖铺的甬道上,两人沉默地走着。幽香飘来,晨雾迷离,一团一团在甬道和小树林间散开,道旁的小草、花木枝叶、花瓣上都骨碌着或大或小的水珠儿,塑料小马和小鹿的身体上,一股股地流淌着"小溪",索娃娜散开的秀发发梢上沾满了水雾,一只白色鹅小姐"哦哦……"叫着,被索娃娜目送着走入树丛。辛实戴看一下索娃娜,见她的披风敞开着,问:冷吗,心心?

哇,漂亮!索娃娜专注于相册,不住感叹着,我好喜欢!真的好喜欢!我要带回国给人夸,献到我婆牌位前!

能为你效劳,很荣幸!

啊啊,我们一路走来,是不是太疯?

难得一疯!辛实戴道,还不高兴?

没啥好事呀,嘻嘻!索娃娜说着又笑起来,有好事儿我就高兴……

话未说完,辛实戴已经上前噙住她的双唇,两人热吻在一处。辛实戴和索娃娜短促地热吻着,不断分开,注视着对方,好像不认识,相视一笑。再吻,再深情凝视,再拥抱在一起……许久许久,辛实戴抱着索娃娜,索娃娜轻搂着辛实戴的腰,两人害羞地看着对方。索娃娜若有所思道:100多年的乡愁乡思,4000多公里不相识,90天就这样!是不是太快了……

于千万人之中遇见你,于千万年之中时间的无涯的荒野里,没有早一步,也没有晚一步,刚巧赶上了……辛实戴从心里说出来。

索娃娜亦动情道:曾经有一份真挚的感情放在我的面前,我没有珍惜,等到失去后,我才后悔莫及!

辛实戴用陕西话跟上说,两人都有点疯癫,齐声道:最痛苦的事莫过于此。如果老天能再给额一次机会的话……

索娃娜停下来,辛实戴继续深情地用陕西话诉说:额会对这女娃说仨字,额耐你!如果非要加上一个期限的话,额希望是一万年!

实戴,额也耐你!索娃娜哭泣道,虽然你不是盖世英雄,但我们再也回不去了!

不回去了!辛实戴拥紧索娃娜,却心头一酸,黯然道,但你要知道,心心,我现在一无所有,无房子、无车子、无票子、无位子,只有个北京户口!

怂管!索娃娜道,搂紧辛实戴,你真幽默!有我你就成!我们去卖秘制腊牛肉吧。

嗯!辛实戴转忧为喜,突然问,亲爱的,你找到你想要找的东干学者了吗?

很遗憾!索娃娜低头看着辛实戴,你帮我!

心心,我帮你!辛实戴郑重其事,仰面瞧着索娃娜姣美的面庞,我把我给你!

嗯哼,我不要你!索娃娜撒娇。

可心心……哥就是你要找寻的那学者呀。辛实戴继续瞧着索娃娜,深情道。

真的吗?索娃娜从辛实戴怀里钻出,伸出胳膊将辛实戴推出老远,郑重道,不能够!

啥不能够!辛实戴说着陕西话,拉住索娃娜的手腕,轻轻一用力,

二十三、一万年的爱

索娃娜就又疾速旋转着身子回到了他怀里。

别哄心心开心,索娃娜再次瞅着他,心心现在就很开心!

没有最开心,只有更开心。我想让亲爱的心心更开心。辛实戴郑重地说。

别让我笑场。你是高手!索娃娜浪笑道。

你也不简单!辛实戴轻吻一下索娃娜的嘴唇。

多谢!索娃娜摸一下嘴。

辛实戴拉起索娃娜就跑,冲得大雾散乱,又弥合。两人奔跑着回房间。辛实戴直扑向电脑,飞速打开。索娃娜见辛实戴如此疯癫,不明所以,但也不急着问,遂以女主人自居,端杯橙汁递上,在他耳边呢喃道:干吗呢,小朋友?

心心阿姨!小的查查我昔日"博学鸿词科"的文章。辛实戴揶揄道,劳驾你,来搜一下"新时代"仨字。

呀……哈哈,心里跳跳滴!索娃娜千般柔媚,毫不客气地坐在辛实戴旁边,纤纤手指输入"新时代"仨字,敲击回车键。瞬即,网页上出现了无数"新时代"的专属信息。索娃娜拨拉着鼠标,道:哇,个十百千……好几亿条结果哎!可哥……与你何干!能证明你什么?

别急,妞儿!乖,摸摸头!辛实戴摸着她的头道,再加上"东干文化"几个字。

索娃娜增加"东干文化"四个字,敲击键盘。突然,她大叫着:哇——有这篇文章,我一直在找它的作者!

你瞧瞧作者是谁?辛实戴不动声色地提醒道。

新时代——辛实戴,是你?索娃娜回头瞧着辛实戴,两人脸儿贴了一会儿,索娃娜反回头对着电脑,边翻动网页边说,我有验证办法,还有另外一篇文章,好像是2019年发的。

喏,这不是吗?还有我的照片,小眼睛!辛实戴指着电脑屏幕,又模仿《小苹果》的腔调唱道,你是我的小呀小眼睛,怎么爱你都不过分……

辛实戴正唱时,却没法唱了,嘴已被索娃娜噙住。两人缱绻好一阵子,索娃娜闭着眼喘息着说:亲爱的,我想……去你的豪宅。

辛实戴一下子僵在那里,像一尊兵马俑似的,一动不动,半天才恢复平常神态。索娃娜惊道:怎么,你……不高兴啦?怕我去你家?

没有——欢迎!辛实戴支吾着,我得先去收拾一下。晚上老时间老地点——大唐不夜城跳舞见。

从上午8点到下午5点多的时间里,是辛实戴此生最难挨的一段时光。

贫穷限制了想象力,他人穷志短,不是因为高兴心爱的人要光顾自己蜗居苦等不来,而是丧气不能给小甜心一个像样的安乐窝,所以担心人家很快要来。他丧气极了。看看家徒四壁的房间,寻思半天,要添置也没法添置,因为这么局促的地儿,将金山银山搬进来也不济,反而是欲盖弥彰、弄巧成拙,何况他也囊中羞涩难以置办。他越这么想就越着急,越着急就越要这么想,不唯着急,亦复害怕,无比恐惧,恐怕索娃娜一旦知道他是穷光蛋,得知他生活在贫民窟里,亲爱的姑娘小心脏受不了会变卦。他想,换作他,也会立马翻脸骂他骗子、骂他流氓的。这么小的房子,这么窝囊的地方,吃了上顿没下顿,人家姑娘能有安全感吗?受了羞辱,焉能不骂!

他又想到苟宁宁,就看一下手机,没有她的任何消息。他想删掉她的联系方式,但是那些信息包括微信号,已经深深镶嵌在他脑子里,删也删不掉。

辛实戴如此反复折磨着自己,九个小时过去,肚子都饿了,却什么也没收拾。怎么办哪？没办法。先安抚肚子,落个肚儿圆吧。吃饭回来,他犹豫着想:实实在在跟人交代吧,今晚就是分手时。对,分手,是分手！你配不上天仙样的姑娘,人家冰清玉洁、金枝玉叶,你个烂人闲人吊儿郎当生活无着,和人家在一起不是成心祸害人家吗？想到这儿,辛实戴豁然开朗,在网上找到一组《卓玛拉》歌曲,反复听:

  ……
  你有一个花的名字
  美丽姑娘卓玛拉
  你有一个花的笑容
  美丽姑娘卓玛拉
  你像一杯甘甜的美酒
  醉了太阳醉了月亮
  你像一支悠扬的牧歌
  美了雪山美了草原
  ……

  听着那清亮、充满感情的女声和那雄厚、满含炽热思慕的男声合唱,辛实戴的泪水簌簌落下,他多么留恋那美丽的姑娘索娃娜呀！他多么留恋即将逝去的青春时光呀！他多么留恋生命！多么留恋他29岁生命里经历过的每一位男女老少！多么……他边走边听边哼起了不着调的小曲——

  你痛三更
  额无心肝

白云苍狗

咱四无男人二杆子货……

回到小出租屋,辛实戴倒头就睡,一觉睡到下午5点。

苟宁宁来了一个电话未接到,他回过去,拨号接通后又不知道该说什么,就掐断。他发微信给她:撕票了。觉得不妥,撤回来另编辑,想改为票撕了,发出去后发现竟是:票死了。就又撤回来,改好发过去,却发现发送失败,对方已经删了他。

辛实戴放下手机,流下泪来。

从上午8点两人分开到现在下午5点,美丽姑娘索娃娜心花怒放。

为了去见心爱的小伙儿,她没有一刻闲着。时间啊,走快点,快点将我带给心爱的人儿,将心爱的人儿弄到我身边!索娃娜痴痴地想,她的小宇宙在爆炸。21岁,终于要名花有主,她心里豁亮极了!她哼着歌曲,她要将她的快活唱出来,让全世界都知道,让这房间里的桌子、椅子、灯泡、水龙头也知道!让她身上的首饰、头发、香水、衣服也知道!辛实戴走后,她跟着也出门了。先去买了内衣、香水——她觉得原来与利亨在一起的香水不能与辛实戴在一起时再用,又去曲江做了SPA,正好中午,她吃了简餐——能量极高的那种,以前打球吃的。之前听人说恋爱很费热量,她现在似乎有了体会——晚上要做很多运动的,她羞羞地想,窃喜着,身体也有了感应。

回到酒店,才1点,她发现手机不见了,忙反身一路找回去。终于在"东方煮"便利店找到,她感动得发了朋友圈,又买了些东西,装了半天装好,再回宾馆。还没走到大堂,她下意识摸一下手机,发现手机又不见了。这次,她记得很清楚,是装东西时将手机放货架上了,忙以百米速度跑回便利店,进门就喊:老板,我的手机在吗?

二十三、一万年的爱

店主这回多了个心眼,让她输密码验证,她打开手机让店主看她发的朋友圈,几人都笑起来。她又买了两样东西,道谢后回宾馆。到房间时是1点37分。

时间哪,怎么这么慢!她联系寻祖微信群里一位熟悉的小姐姐,她叫雅诗儿,几年前来寻祖嫁回中国西安。两人打电话,她告诉索娃娜自己现在很幸福。这坚定了索娃娜的信心,她更加希望时间能快点。可是时间还是那么不紧不慢。无奈中,她小憩了一会儿,不想一下子睡到了3点半。她赶忙洗了玫瑰花瓣澡,化了妆、喷了香水,一件件穿上新买的衣服。望着镜子里自己凹凸有致的身材,她也是醉了,心想,今晚,实戴府上,让他醉,我也要醉,放纵自己21年的青春。这样想时,她不自持地流下两行清凌凌的女儿泪,忙擦去泪痕,重新补妆……

现在,索娃娜香气悠然、性感十足地走出宾馆。抬腕一看,正好5点。她懊恼地想,怎么迟到了!赶忙喊来司机,钻进车去。

二十四、中国长高了

傍晚6点许，大唐不夜城。

斜晖脉脉，塔影绰绰，火烧云将周边建筑、树木、路牌、广告牌特别是"丝绸之路国际电影节"和第十四届全国运动会的各种宣传标牌涂抹得金碧辉煌，晚霞中的车流散射出各种美丽刺目的折光，黄昏的树影、人影拉出长长的奇异影子，落叶在枯黄的草地上飘零。雁塔南路，几个提笼架鸟的老人蹒跚着步子穿过斑马线去……

抒情高亢的《敖包相会》乐曲声中，索娃娜、辛实戴翩翩起舞，他们使出洪荒之力，双双舞出绮丽诡异的弧线，带得全场劲爆，掌声、喝彩声此起彼伏，人越聚越多，以至于堵塞了交通。雁南一路人流车阵黑压压一大片，随着交警、协警、志愿者的指挥，人流如开闸的潮水般涌起，又散开，车流正好反之……

舞场上，郑能亮适时出现。他有大关中人的艺术天分，又很随性，只见他神态诙谐、眉目传情，小步子左右走动，不断调整着姿势。等扎好了姿势,就仰头望天、舒展四肢,用苍劲的声腔引吭高歌,纵声唱起了陕北民歌《蓝花花》——

　　青线线的那个蓝线线
　　蓝个莹莹的彩
　　生下一个蓝花花
　　实实地爱死个人

　　五谷里那个田苗子
　　数上高粱高
　　一十三省的女儿哟
　　就数那个蓝花花好
　　……

比心少女索娃娜第一次听这首歌,被那优美的旋律、深沉的歌词、诚挚的感情打动,她的乡愁被牵动,艺术细胞被激发,整个人被点燃,随着节奏和情绪,旋即凭直觉很兴奋地跳起热烈的舞步,与辛实戴相互呼应,尽情演绎着歌曲内容、思想和情绪。无奈,她今天穿得太正式,为了跳得坦荡,而不得不一边跳一边将衣服一件件脱下,扔一旁,最后只留下坎肩、打底衫和短裙……

郑能亮《蓝花花》唱罢,辛实戴接龙即兴唱起了《梦中的蓝花花》——

　　蓝花花　蓝花花
　　蓝花花　蓝花花

黄土坡上的情哟

　　沟里头的那个爱哟

　　是谁唱着那动人的歌

　　唱着你蓝花花

　　梦里头梦见你哟

　　眼里头的那个泪哟

　　是谁让你那思念的人

　　爱着你蓝花花

　　蓝花花　蓝花花

　　蓝花花　蓝花花

　　青线线的那个蓝线线哎

　　蓝个莹莹的彩……

　　郑能亮一愣，瞬即舞动起来，酣畅幽默的舞蹈让观众一阵轰动，将索娃娜也带动起来，她随即加入舞动。一刹那，广场上气氛之热烈无以复加。一会儿，郑能亮且舞且配合着辛实戴演唱，引得场上观众掌声雷动，有的观众也跟着轻唱起来，连同小孩儿也一起扭动着小屁股，跟着音乐律动。随着歌声，辛实戴也微微地激情舞动着，更加深情演唱……不觉中，红日西沉，玉轮东升，红霞满天，大雁塔、大唐不夜城周围成了丹霞世界。

　　一会儿，郑能亮搞怪地舞动到辛实戴跟前，停止舞蹈，两人便只专心演唱，群众被他俩的绝妙对唱吸引，都停止跟唱、停止乱舞，一边听歌一边看索娃娜表演。索娃娜一曲热舞，舞得酣畅淋漓、青春四射、精彩绝伦。最后，辛实戴站一边当了观众，音乐也停了，只有郑能亮在清唱。

辛实戴第一个鼓掌,掌声雷动,也有许多喝倒彩的。参加"丝绸之路国际电影节"分会场活动的宾朋们经过,被索娃娜的舞姿吸引,流连忘返。一位年过古稀的老年大咖侧目良久,辛实戴大喊:琳瀚……导演琳瀚!然后猛跑过去。

人们才认出他是著名导演琳瀚,纷纷围上去合影、签名。末了,白胡子的导演琳瀚招着手,人们顺着他手指的方向看去,索娃娜正笑吟吟地站在那里。琳瀚邀请索娃娜合影,合影完对着她说了几句什么,就去影城出席他的电影《危情行动》的展映。有个清秀的小伙儿问索娃娜:你好,索娃娜乡党!我是新闻传播学院编导专业研三学生,请问,琳瀚导演刚才跟你嘀咕什么,他要邀请你出演他明年的短视频吗?

你很期待吧,朋友?索娃娜不置可否,又舞动起来。

此时月华皎洁,与灯光争辉,广场上孩子们的光电玩具、光电风筝和孔明灯四散升起,此起彼伏,道路上的摄像头刺啦刺啦响着,蛇芯子样地闪着电光。骤然间,一支尤克里里声悠然响起,是《我要你》的曲子,带得广场上的氛围骤然一变,有美女伴唱起来——

  我要 你在我身旁

  我要 你为我梳妆

  这夜的风儿吹

  吹得心痒痒 我的情郎

  我在他乡 望着月亮

  ……

沁人心脾的歌曲,让索娃娜情愫满满,她迅疾调整舞步和节奏,宛如出尘仙子,傲世独立。郑能亮拿着一袭紫带从场边进入,掷向她,她眼疾手快,翩然飞起凌空将紫带接住。顿时,随着音乐,紫带临风飘举,一头乌丝如瀑布倾泻而下,舞出不尽的清雅、高贵、超凡。

一曲结束,人群激动、欢愉、欣幸,索娃娜被热情的拥簇所包围,人们纷纷就近一睹这位中亚乡党、排球女神的芳容。辛实戴拿着索娃娜的衣服,几次想靠近她,竟没成功。他突发奇想,大喊:谷爱凌、苏炳添来了,快——说着朝群雕方向跑去。

奇迹般地,人群跟着他跑向群雕。他反而绕雕像一圈,很快又跑回索娃娜跟前说:跑!

索娃娜没明白怎么回事,犹豫一下。这瞬间,人群复围拢过来。突然,一个粗野的声音喊:谷爱凌、苏炳添到大慈恩寺遗址公园了!给我签个名!是郑能亮在解索娃娜的围。听他喊叫,人群中一大部分疯狂撤离,朝北向大雁塔方向而去。

噗……索娃娜这才明白过来,笑着对辛实戴说,我不是苏炳添,不是"苏神",也不是"青蛙公主"。"冰雪女神"谷妹妹正忙着满世界拿冠军呢,不会这时来西安。啊啊,一句话,我不会让你压力山大的。

辛实戴无语地递上衣服,索娃娜一件件穿上,理理衣装和头发,上前轻轻抱一下他。这时,听到一个男子很特别的汉语:妹妹,是你吗,妹妹?

索娃娜蓦地仰头,与神情超然的哥哥目光相触,失声惊叫:啊……哥哥!让开!请让开!说着冲了过去。

辛实戴猛看过去,只见"另一个自己"——一个与自己神情毕肖,身材魁梧、眼眶深幽、络腮胡须,有着行吟诗人气质的中年大叔,正与索娃娜忘情地拥抱在一起。辛实戴高兴地想,怎么,我与比心飒蜜的哥哥这么像!见兄妹如此动情,辛实戴不便打搅,站一边默默注视。

月亮被一袭阴云遮盖,周围混沌起来、凄清起来。寂寥的灯光照在

二十四、中国长高了

大雁塔下,塔影沉雄,树影扶苏,人影渐稀疏。兄妹在群雕脚下的小喷泉边上叙谈,一会儿站,一会儿走,一会儿又坐下来,喁喁私语。从哥哥口中,索娃娜得到一个打死也想不到的事实:

索娃娜前男友利亨的结婚对象竟是自己的同学伊莲,而隐约中,似乎自己的准嫂子李依馨在这个过程中也出不小风头哩!

原来,对爱情追求极高的李依馨在利亨读大学时就很注意他,他高大强悍、帅气富有,是她的"标配"。在李依馨看来,别的女人都配不上利亨,小女生不解风情会饿着他,老女人好时光已逝会委屈他,只有24岁的她才是利亨的"菜",她性感、富有,有教养,有地位,且正值妙龄,是他的理想伴侣。两人有过一段交往,利亨叫她李师傅,她叫利亨利亨诺夫斯基,可很快她就发现,她在他身上得不到快乐,连吻也得不到,连拉手都是奢望。可见他俩没戏。她曾经自负于自己是男人的大杀器——对男人的魅惑力无坚不摧,几乎没有不对她缴械的男人。可利亨是异数,她女人的武器失效,在利亨这儿一切失效。想想吧,利亨本是富豪,钱在他找对象时显得意义不大,所以她的富有在年轻的利亨那里微不足道,她只有寄希望于他很快成熟起来。锦瑟年华谁与共,她得先找个备胎,不能让自己的青春年华空空耗费。

后来,李依馨在那次停车时邂逅了奥托巴耶夫,奥托巴耶夫同样高大帅气,他的华裔血统让她莫名亲近,列车长的身份令她骄傲,尤其是他行吟诗人般的气质让她着迷。奥托巴耶夫善良、宽厚,体格健壮,年龄大会疼人,这使她从他那儿得到了快乐和安逸,她想她也快韶华不再了,找个安乐窝得了,她不缺钱却缺安全感,她缺的正是奥托巴耶夫这样吃过苦、有经历、会疼人的好男人。回过头想想,利亨算什么啊,空有一副奥托巴耶夫也有的高大孔武的皮囊和她并不稀罕的钱,她为她过去的雌激素过剩而惭愧。

世界太小了，也太不可思议了，与奥托巴耶夫处对象后，她才得知利亨痴迷于自己未来的小姑子。凭心细看，小姑子真乃天仙下凡，很正点、颜值高，是进步神速如日中天的女神级球星，既生瑜，何生亮，想想，有索娃娜在，自己怎么可能让利亨动心！开玩笑。她开始嘲笑自己，心里酸酸涩涩的，多少有些不服气。索娃娜对准嫂子很依恋、很亲，她对索娃娜也很亲，可是她心里总是有败给索娃娜的想法存在。砢碜就砢碜吧，这件事只能过去，她当时内心平衡，风轻云淡，觉得挺好。

直到一个月前，利亨带着奥托巴耶夫和伊莲回到比什凯克，李依馨去接机时，她内心的平衡才被强烈打破。女性的第六感让她觉得伊莲和利亨有了苟且。她怎么可以跟了利亨，利亨怎么可以拜倒在伊莲脏污的石榴裙下，节操碎了一地呢？

是的，这让李依馨很不平衡，备受刺激！

一起从隔离奥托巴耶夫的地方回来后，李依馨直接当着伊莲的面，明白无误地将利亨叫走。一小时后，两人从李依馨住处出来。利亨在车里打了几个电话，开车回集团总部，忙与欧亚班列"长安号"合作的工作去了。李依馨双目放空，不知所措……

两人间发生了什么，没人知道。但此时的李依馨有些惊惶和纠结，对，是纠结，她不知道该如何收场。从刚才利亨的眼神和态度，她知道她有机会胜出伊莲，马上控制他。可奥托巴耶夫呢？还有，索娃娜怎么办呢？她才是利亨的初恋，多么纯情一根筋，受不起哪怕是丁点的伤害！李依馨痛苦地想，自己若乘人之危落井下石天良丧尽，这样还算人吗？她将自己锁在家里，痛哭一场。这，当然不是对奥托巴耶夫的最好交代，也不是对自己的最好交代。哭过之后，她觉得她特猥琐、特卑鄙、特不是人，纯粹是畜生。

很快，利亨也决定了——大粮库一时出手不了，为解决5G和中欧

二十四、中国长高了

班列项目的资金短缺,他决定与伊莲联姻。竟然没有多少痛苦(也许,痛苦在做出决定前和做决定的时候已经实实在在遭遇过了),而是有些悲悯和无厘头,这有些超出他的阅历;不但没痛苦,而且似乎有点痛快,这令他多少有些吃惊人生的多种可能,似乎这样可以,那样也成。两人先行办理了结婚手续,开始准备盛大的婚礼仪式——曾经专属于索娃娜的高规格婚礼。

李依馨和利亨接奥托巴耶夫的第二天,伊莲和利亨的婚礼举行。伊莲心里明镜似的,当然知道利亨娶她的主要原因是国际局势、贸易战、经济危机和疫情拖累,欧亚集团出现资金运转困难。他俩各取所需,婚后,很快组建了伊利集团,多顺溜的名字呀。

诚然,索娃娜还不确定,为了这个露骨的劈腿和离奇婚姻搭配,李依馨或许已经红杏出墙,给哥哥以屈辱。而哥哥之所以难得糊涂,接受了与李依馨的婚姻,是因为心疼妹妹——他需要一大笔钱买回长安的16号院。虽然事情已过去俩礼拜,可索娃娜才刚刚隐约得知,她听罢大放悲声。

辛实戴忙前来安慰:心心,别想太多!哥回来咱该高兴才是呢!

末了,奥托巴耶夫交给索娃娜一封信,索娃娜拿着纸信,不能自已,泪水簌簌而下。那个负心汉还为索娃娜带来了精美礼物——一盒文创产品,名字叫"假装有场直升机伴飞的婚礼"。打开盒子,有个iPad,打开iPad就开始播放直升机伴飞的盛大婚礼,只是没有主人公,盛大的婚礼和神圣的乐曲声中,是青青的草地、洁白而空旷的婚礼现场和空无一人的大厅……索娃娜泪水再次迷蒙了双眼。这时,她听到利亨的声音,和信的内容一致:

索娃娜,丫头,原谅我!原谅我不能给你这样一个盛大的飞机伴飞5G全网全世界直播的婚礼！你曾经说"我们与李白平行"，其实，世事阻隔，我们之间也相互平行！

合同的事拜托你啦！由你定夺，你办事我放心。我在遥远的祖国祝你在爷的城幸福！

你之前送我的纳兰性德词，我当时不懂，一直都不懂，现在是懂了，懂了也晚啦。现摘抄《木兰花》与你——

人生若只如初见，何事秋风悲画扇。

等闲变却故人心，却道故人心易变。

骊山语罢清宵半，泪雨霖铃终不怨。

何如薄幸锦衣郎，比翼连枝当日愿。

索娃娜大恸，不能卒读，只是听着利亨的语音。她脑子一阵阵麻木痉挛，怎么也读不懂利亨，之前骂他是不懂感情、不知道痛的"雄性动物"，没想到他用坚决的行动和文字的牢狱给她上了"最后一课"。她久久平静不下来。

奥托巴耶夫说：别伤心妹妹，不值！

嗯……索娃娜抑制不住地又哭起来，伊莲、利亨是天良丧……

辛实戴忙打断索娃娜：心心，别想太多！大哥回来，咱们家该高兴才是！

让她哭吧，哭出心中的委屈！奥托巴耶夫不忍心妹妹心里委屈，上前倚着她。

呜呜，嗯……索娃娜悲不自胜地擦泪，不断抽泣着，肩头一颤一颤的，就连头上的发卡似乎也带着委屈。

奥托巴耶夫犹豫一下，带着一丝漠然道：妹妹，从明天起，做一个幸福的人，煮茶、劈柴，惯看秦岭风雨，护卫古都健康，自己给自己当老板。

二十四、中国长高了

哥,你是要创业吗?索娃娜忙收住悲声问,嫂子同意不?

嗯,我要去秦岭做生意,用赚来的钱做公益事业。奥托巴耶夫漠然道,我俩,一切好说。

啊——索娃娜似乎又要哭。

丫头,哥四十咧,想明白啦!

索娃娜知道不能改变什么,遂说:啊啊……哥你做生意自己打拼,哥你注意身体!平时和嫂子也要多沟通。

丫头,别担心我,过好自己的日子,别折腾,让咱家秘制腊牛肉发扬光大。奥托巴耶夫似乎动容道。

索娃娜忙点头答应。

辛实戴赶紧表态:哥,心心有我呢!您在秦岭做生意,我们大家都在西安,彼此多照应。

哥,关键是,赚不了……

奥托巴耶夫打断妹妹的话,说了句谚语:会者定离,一期一祈。

不知道,好迷茫!索娃娜悲情道。

你俩,且行且珍惜!我走啦,再见!奥托巴耶夫转身走开,好像要离开这个世界一般,让索娃娜心里空落落的。她耸动着肩头不能自已,辛实戴忙上前劝慰。

见此景况,站一旁的郑能亮觉得时机已到,于是神气活现地说:大家好!我是郑能亮。我宣布,同意与索娃娜组建华夏街舞民歌组织!办公地址是回民坊16号院,临街开张索娃娜秘制腊牛肉店。产权归索娃娜,出资人奥托巴耶夫。

索娃娜一下子愣在那里,如同身旁的雕塑,半天反应不过来。辛实戴用胳膊肘碰碰她,示意她表态,她才破涕为笑,道:感谢郑总美意!中国梦、海外华裔梦、组建华夏街舞民歌组织、购回祖产、开秘制腊牛肉店是我的夙愿,今日我美梦成真,我要感谢两位哥哥的成全!感念我哥奥托巴耶夫永远爱我的那颗心!我还要组建秦岭生物多样性组织。

要得!也感谢你!郑能亮发自内心道,在这里,让我们同心共情,致敬并感谢你哥!致敬并感谢我们这个时代!

大家鼓起掌来。这时,孙权旺董事长不失时机地从人群中走出,庄严道:我宣布,任命辛实戴先生为我集团总公司品牌战略副总监,全权负责与欧亚的合作事宜。

人群中掌声一片。孩子气的辛实戴竟啜泣起来,索娃娜不断劝慰他,又喊道:乡党们、亲人们,请注意,接利亨信息,我已得到充分授权。现在,我宣布,同意签署欧亚与新丝路集团关于《丝路情缘》舞剧和粮库收购的双份合同!

辛实戴癫狂道:哇哦,王炸来咧!世界是通的,中国长高啦!

无尽地喝彩、欢呼。

郑能亮:朋友们,良宵美景,佳人吉时!无以为乐,我唱一首我写的歌《东望长安》:

东望陕甘,
梦萦魂牵。
乡关何处,
历史云烟。
身在中亚,
根扎长安。
兴盛万代,
祖脉不断……

凄美、深沉的新歌,很切合索娃娜的心境,惹得她伤怀不已。索娃娜边哭边含泪对辛实戴说:实戴,请允许我嫁给你!

辛实戴泪水奔涌,傻傻道:美丽总是忧伤的,不急不急,让哥……考虑一哈!

人群嗨翻天。歌曲《长安夜》震撼长空。

深秋的长安夜,馨香无比,欢乐无比,忧伤无比!辛实戴抱起索娃娜不停地向人群致意,致意。

尾　声

2023 年 2 月的一天，春光融融，西安城回民坊人熙人攘，各种店铺里的吃食香气四溢，街面上的游客络绎不绝，四方的人们会聚到这里，安享着好时代的清欢。

16 号大院西侧的索娃娜秘制腊牛肉店店铺前排满了长长一队人，层高超出平常店铺一倍的店铺里，俩伙计相互配合，熟练地从冒着热气的肉锅里捞肉、切肉，块头巨大、颜值亮眼的索娃娜正在给排到跟前的顾客称肉、包肉、递肉，辛实戴在她身旁做着同样的工作，给索娃娜打下手，一边舞动着街舞，逗得一街两行的人都乐起来，不住地攒到秘制腊牛肉店门前来。

一会儿，郑能亮出现在店铺前，瞅瞅，问：生意咋样？

嘹太太哩！辛实戴高兴地说起了老陕话，伸手拿起紫色保温杯呷一口，放下水杯继续舞。

呀，你得是把北京话忘咧，一满是陕西话。嘹太太，你肯定嘹太太

尾 声

哩,你有个嘹太太嘛！郑能亮瞅一眼鼻翼上沁出微汗的索娃娜说,女老板,能不能插个队,给我来五斤酱轻点的肉?

对不起哈郑总,嘻嘻……我要对得起我这来自世界各地的亲爱的顾客。索娃娜嘻哈一笑,千古迷人,道,回头,让实戴抽空给你送过去就是了。

那好！钱我转给你,你俩谁是掌柜的?

微信,扫微信,微信是掌柜的。索娃娜开心道。

店面内外的人都笑起来,街面上不明真相的人拥过来看个究竟。一个个头稍微比索娃娜低点的女子挤上前来,气喘吁吁地问:老板,我手机在你这里吗?不好意思,我又把手机丢啦。

你得是那个内蒙古美女?索娃娜问。

女子拼命点头,美丽的面孔上绣满惶恐,嗳嚅道:前天,第一次就落你这儿了,我喜欢吃你们家肉,今早9点又来买了两斤,带回我们内蒙古去呢。

街面上,已有人拿起手机在拍摄这戏剧性的一幕了。索娃娜全然没有注意到这一切,边熟练地称肉、包肉、递肉,边从抽屉里取出并递上一个有大熊猫"香香"图案手机套的手机说:感谢支持！手机拿好！香香今日回国哩。

内蒙古姑娘未语泪先流,泣道:姐,不,妹子,你太暖了！啊啊……大西安人把我暖哭了!

不客气,小姐姐！我也干过这事！索娃娜说着,走出店铺,摆个pose比个心。

大家被她呆萌的举动逗得都笑起来。

2018年6月30日初稿

2023年3月23日第12稿于西安兴庆轩